詩人の死

Ben Shouzu
正津 勉

東洋出版

序

その昔、夭折の魂らを篤く憧憬した。それはいうならば、青春に特有の症例、そのようなものか。だけどもいつとなくその熱もどうしたか、うかうかと長らえることになってしまった。そうして還暦を過ぎたいま、なぜなのか痛い夢のようにも、しばしば脳裡を過ぎるのだ。ひょっとすると自分はひどく大切なものを忘失してきたのではと。それからあらためて早世の詩人を精読するようにしてきた。そうして幾年たったか。

小著はその、ひとまずの、ささやかな、報告である。新体詩から一世紀余。北村透谷から、寺山修司まで。一集に十七（プラス二）名の詩人。自死、窮死、不明死、戦死、病死……。それぞれの生の時代も違えるしだい、早世の理由も、それぞれの死の様相も異にしている。

だがひとしく誰もが途なかばで生を終えていること、つまるところは詩を書くという夢を絶つにいたった。それはいかに酷くあったろう。はかなくもあえかなその生と死のぎりぎりの、せめぎあいのいやはてに彼の詩はあったのだ。

そのありようを跡づけ辿りつづければ、余儀なく途絶した、ひめたその思いを明らかにしうるか。あるいはひょっとして早すぎる死をしいただろうこの国特有の病理性のようなものまで浮かび上がらせうるのではないか。

いまや日本人の平均寿命は、世界一の女性は八十七歳に迫り、男性も八十歳を超えたとか。もはや四十そこらは早世である。でこれからもどんどん寿命はのびるのであろう。それはそれで悪いことではない、へぼでへまな老いぼれとして、ついてはなお思いいたすのである。

そこには息の震えがある。かくなるときだからこそ、これら若い死者の詩作は読まれて、しかるべきではないかと。そこには熱い叫びがある。

詩人の死

目次

Ⅱ　昭和・戦前

Ⅲ　昭和・戦後

本書の初出は、「表現者」（隔月刊　二〇〇五・六〜二〇〇八・八）の連載稿「詩人の死」（二十回）から十四篇を摘録、大幅に加筆の上、新稿三（プラス一）篇を加えて一集とした。

I

明治・大正

01

北村透谷

過ぎにし春は夢なれど

「双蝶のわかれ」

ひとつの枝に双《ふた》つの蝶、
羽を収めてやすらへり。

露の重荷に下垂るゝ、
　草は思ひに沈むめり。
秋の無情に身を責むる、
　花は愁ひに色褪めぬ。

言はず語らぬ蝶ふたつ、
斉しく起ちて舞ひ行けり。

うしろを見れば野は寂《さび》し、
　前に向へば風冷《さむ》し。
過ぎにし春は夢なれど、
　迷ひ行衛は何処ぞや。

同じ恨みの蝶ふたつ、
重げに見ゆる四《よつ》の翼《はね》。

双び飛びてもひえわたる、
　秋のつるぎの怖ろしや。
雄《を》も雌《め》も共にたゆたひて、
　もと来し方へ悄れ行く。

もとの一枝《ひとえ》をまたの宿、
暫しと憩ふ蝶ふたつ。

夕告《ゆふつ》げわたる鐘の音に、
　おどろきて立つ蝶ふたつ。
こたびは別れて西ひがし、
　振りかへりつゝ去りにけり。

＊

「空を撃ち虚を狙ひ、空の空なるを事業をなして、……」（「人生に相渉るとは何の謂ぞ」）

北村透谷。近代の先駆、最初の詩人だ。

そしていま一つ加えておこう。じつはこの最初の詩人はというと自死の先駆でもあると。なぜいかなることがあって彼は自ら縊れなければならなかったか。わたしは広く深く読んではいない。しかしこれが不明なのである。あまりにも子細にしてない。ここでまずもって透谷の癇疾とされる、いわゆる脳病の症状にふれるべきだろうか。

なるほどそれはいかほどか死に至る病の面はなくはなかったろう。しかしながら死をあげて病のためとする。わたしはそのような安気な見方をするものではない。そこらのことは病跡学にまかせておけだ。

詩人の死。それはもっぱら詩をもって明かにされなければならない。するとここで最後の叙情詩が問題になってくる。いわゆる蝶の詩三篇「蝶のゆくへ」「眠れる蝶」「双蝶のわかれ」である。なかでも終りの作であろう。はじめに言っておく。じつはわたしはこの一篇に最後の透谷をみるのである。そこでまず年譜を辿ってみよう。

明治元（一八六八）年、十二月二十九日、神奈川県小田原で没落士族の家に生まれた。本名、門太郎。十四年、十二歳の春、両親とともに上京し、東京の数寄屋橋近くの泰明小学校に転校（筆名の透谷は「すきや」のもじり）。とき折しも自由民権運動の高揚期であり、在学時より運動にシンパシーをおぼえ「奮つて自由の犠牲にもならん」（「石坂ミナ宛書簡」明治二十年八月十八日）と政治家を志す。

十五年春、卒業後、漢学塾に入塾するも馴染めず、政治情勢や政府への憤慨、また母の抑圧から「悩乱」し、「気鬱に罹る」と。これが最初の病の記述である。

十六年九月、東京専門学校（現、早稲田大学）政治科に入学。この頃には八王子、三多摩の自由党系の民権運動家を知り、運動に参ずる。十八年五月、同志から活動資金を得るための強盗計画に勧誘されたが加わらず、運動を離れる。この一件により、ふたたび症状を亢進させる。さらに二年後、手記「《北村門太郎の》一生中最も惨憺たる一週間」に記される事態。これをみるにつけ透谷は相当な重患であるのがわかる。

政治への挫折。ときにいま一つ透谷の生涯を決定する事件が起こっている。それは運動に参加した機縁で、三多摩自由党の領袖石坂昌孝の家に出入りし、同家の長女ミナを見初めたことだ。

二十年夏、二人の間に激しい恋愛感情が燃え上がる。しかしこの恋の成就には多くの困難が立ちはだかる。まず二人の身分上の格差である。富裕な名士の家庭に育った、当時女性に開かれた最高学府の一つ、共立女学校卒の才媛で四歳年上のミナ。いっぽう透谷は生計の道も立たない貧書生という。そしてそれだけでない。ミナにはすでに婚約者がいたのである。

近親も周囲もこぞって頑強に反対する。そこを二人は愛のために懸命に闘うのだ。透谷はミナに書き送っている。

「吾等は世に恐るべき敵なきラブの堅城を築きたり、道義の真理にも背かず、世間の俗風をも凌ぎ居る者なり、君よ請ふ生をラブせよ、生も此身のあらん限りは君をラブす可し、」（「石坂ミナ宛書簡」同年九月四日）

ラブせよ、ラブす可し。ここにミナは、父に対し、およぶのだ。この言や良し。

「財産を持ち名誉を負ふ人の如きは皆是れ土芥に比しき者なり、名誉もなく財産もなき壮快の男子こそ我夫と定む可き者なり、」（「石坂美那子手記」）

二十一年十一月、透谷十九歳、ミナ二十三歳、二人はキリスト式で結婚した。良き伴侶を得た透谷は昼夜なく筆を執る。

二十二年、『楚囚の詩』、二十四年、『蓬萊曲』を出版。ここで仔細はおくが、これこそ最初の詩人が切開した近代詩史上の最初の確固たる一歩であった。詩人としての、鮮烈なデビュー。そこにいま一つの顔が加わることに。

二十五年、評論「厭世詩家と女性」（「女学雑誌」同年二月）を発表。近代的恋愛の実践者、透谷はそこで揚言するのだ。

「恋愛は人世の秘鑰《ひやく》（註、秘密を解く鍵）なり、恋愛ありて後人世《のち》あり、恋愛を抽《ぬ》き去りたらむには人生何の色味かあらむ、」

これをもって新しい時代を担う批評家としての透谷の登場を広く印象づけるのだ。以来、「人生に相渉るとは何の謂ぞ」「内部生命論」など、多く激越な論を興すこと、若い層に熱烈に迎えられる。

さらに宗教者として。イギリスから来日したフレンド派（クエーカー教徒）のジョージ・ブレイスウェイトと親交をふかめ、絶対平和主義の思想に共鳴し、日本平和会の結成（明二四）に参画、機関誌「平和」を創刊する。

これをみるにつけ飛ぶ鳥を落とす勢いのごとしである。だがしかし違うのである、そこをどう言ったらいい。まったくその詩と批評の両面にわたる激しい活動で身を焼き尽くしたというか。またしても「気鬱病」になっている。ところがこの度はひどいのだ。

それには直接の原因がある。

二十六年八月、透谷はフレンド教会の東北伝道に同行中、旅先で一通の電報を受け取る。電文は同協会の経営するフレンド女学校で英語を教えたときの教え子・富井まつ子の死を伝えるものだ。まつ子は透谷の詩文を読み、ひそかに好意を寄せていた。むろん透谷も冷静でない。十四日、死去。享年十八。いやその訃報がいかに衝撃だったか。三十日の日記（「透谷子漫録摘集」）にある。

「富井松子は曽って一たび師弟の縁あるもの而して親しく交れること両三年……われ深く悼むの心あり、知己は多く得べからず、渠の如きは余が生涯に於て有数の友なりしを惜いかな」

この期に及んで「有数の友」と遠回しに表現する心の苦しさ。つづき九月四日の記述にある。「……余は余が精神の当を失しつゝあるを知るものなり」と。なんと苦しく狂おしい。ついてはまた「哀詞序」なる一文でこう慟哭するのである。

「この恨み、この悲しみを何が故の恨み、何が故の悲しみぞと問ふも、蝶の夢は夢なればこそ覚め、虫の音は秋なればこそ悲しきなれ、と答ふるの外に答なきに同じ。嗚呼天地味ひなきこと久し、花にあこがるゝもの誰ぞ、月に嘯くもの誰ぞ、……相距たること二十余日、天と地の間に於てこの距離は幾何ぞ」（「評論」九月九日）

ところでどうだろう。まさにこのとき透谷はというと旅先から妻宛にこのように書信しているのである。

「われ思ふ、きみ《半身》既に婚して夫に合すれど、半身夫の物にして、半身然らず、／……／御身に如何程《いかほど》の愛ありて、斯くわれを責むるぞ。われをして中道に業を停めしめんとの愛にてか。詩人偉人の妻は他と異れり、われもまた他の夫と異るを知る。／……／記憶せよ、きみ今は病苦の人の妻なるを。」（「北村ミナ宛書簡」同年八月下旬　花巻より）

これはどういう事態であるのだろう。なかにこんな文言までみえる。「捨てんと欲せば、捨てよ、言ひ甲斐なく大事業の彷徨するこのわれを」。みるようにこの頃ラブで結ばれたミナと透谷の結婚生活はいまや破綻の危機に瀕しているのである。このいつか夫は妻に心中を迫ったという。しかし二歳の娘英子の母ミナは拒否したと。

まつ子の死の衝撃と、その後の生活の辛酸と、心身の不調が重なる。ときにちょっと常人には理解できそうにない、たいへんな事態が惹起しているのである。

いやそのまえに前掲作をみられたい。わたしはこの詩に躓くのである。そして思うのだ。まずぜんたいあの最初の詩人はどこへいったか、と。


曽つて誤つて法を破り／政治の罪人《つみびと》として捕はれたり、　『楚囚の詩』

雲の絶間もあれよかし、／わが燈火《ともし》なる可き星も現はれよ、　『蓬萊曲』

ここにはその「罪人」の意識はどこにもない。そしてまた「燈火」の希求もあるべくもない。まったくもって、獄舎にある政治犯、霊山にある修行者、いずれでもない。いまはもう激越なるものは、ことごとく滅却しさった。

さてこの詩で詠まれるそれは、身体を離れ出た魂魄、であろう蝶の舞いである。そういえば『蓬莱曲』につぎのような既視感をおぼえさせる一齣があったか。

つらく思へば、このわれも、／世の形骸《むくろ》だに脱ぎ得たらんには、／姫が清よき魂《たま》の翻々《ほんぽん》たる蝴蝶《こてふ》をば、／追《お》ふて舞《ま》ふ可し空高く。

呼ばわる声がする。「蝴蝶」まつ子の霊に誘われ、透谷の魂は彷徨う。なんとも言いようのない寂しげなこの調べをみよ。

「うしろを見れば野は寂し、／前に向へば風冷し。」

どんなものだろう。このように人が誘われるがまま、おぼえなく寂寞の野を蹌踉と行くとき、ほとんどその人は死してあるのでは。そうではないか。

最初の詩人、いやその早すぎよう、晩年の一篇。ことはこの国に生まれた詩人すべての逃れ得ない宿命であるのか。それを東洋的境地と言うものもいるし、さらに仏教的諦観と言うかもしれない。それはさて詩人が内部の崩壊をおぼえたそのとき、さながら水墨の一幅をしのばせる、このような幽冥の叙景を救済とするしかないとは。

「こたびは別れて西ひがし、／振りかへりつゝ去りにけり。」

むろんのこと自死にはさまざまな要因がからまっている。どれほどかそれはひどい「気鬱病」がしたことではあろう。だとしてもまっ子の死はその引き金にはなったのでは。もっとわたしの想像はこうである。あるいはひそかに透谷は目論んでいなかったか。この純潔の処女と心中せんと。しかし一刻おそく先立たれた。そのあたりは推測するだけで実証すべくもないが、ひょっとして透谷のそれは殉死であったりするか？

はたしてこの一篇の発表からほどなく、たいへんな事態が惹起しているのである。

十二月二十八日深夜、透谷は自宅二階の物干し場で短刀で喉を突いて自死をはかる。さいわい(?)傷は急所を外れて未遂に終わったと。ここに「我が事終れり」として、これよりのち筆を執ることはなかった。

二十七年、「五月十五日の晩は好《い》い月夜であつた」（島崎藤村「春」）。このとき円かな月に誘われたか。

十六日暁暗、透谷は庭の樹にぶら下がり揺れた。享年二十五。

＊

「国民之友」（明治二十六年十月三日）
『透谷全集』全三巻（岩波書店　昭和二十五〜三十年）

02

石川啄木

見よ、今日も、かの蒼空に

「飛行機」

一九一一・六・二七・TOKYO

見よ、今日も、かの蒼空に
飛行機の高く飛べるを。

給仕づとめの少年が
たまに非番の日曜日、
肺病やみの母親とたった二人の家にゐて、
ひとりせっせとリイダアの独学をする眼の疲れ……

見よ、今日も、かの蒼空に
飛行機の高く飛べるを。

＊

石川啄木。なぜだろう、この天才を前にすると落ち着かない気持ちに、させられる。これはわたしだけの感じかただろうか。中高生の教科書で『一握の砂』『悲しき玩具』の歌にふれたときも、大学時代に活動家風に「時代閉塞の現状」「性急な思想」を論じるようなときも。どうにも冷静に応接できない。そういうわけできょうまで啄木ばかりは、ちょっと敬遠するようにしてきた。

そしていまあらたに啄木に向かってなお、歯噛みしたいようなお手上げしたいような、どうにも変な気持ちになっている。

「歌は私の悲しい玩具である」。ではないが啄木があまりにも悲しいからだ。悲しきデモン、啄木の生は悲しい。さらにその死は悲しすぎる。

明治十九（一八八六）年、二月二十日、啄木は、岩手県南岩手郡日戸《ひのと》村（現、盛岡市玉山区）生まれ。などとその半生記はすでに教科書知識であれば記述要なしだろう。みんなが生い立ちも何も知っている。ついてはその節目となる時点だけにしよう。するとやはり晩年の東京での四年の年譜となるだろう。

四十一年、二十二歳。三月、釧路新聞社を辞し、東京での創作活動に憧れ、北海道を離れる決意をする。

しらしらと氷《こほり》かがやき／千鳥《ちどり》なく／釧路《くしろ》の海《うみ》の冬《ふゆ》の月《つき》かな

四月、上京、盛岡中学で一学年上であった金田一京助の援助で本郷区菊坂町赤心館に止宿、小説を売り込むが成功せず。逼迫した生活のなか、六月下旬から短期日に「東海の小島…」「たはむれに母を背負ひて…」など、のちに広く知れわたる歌、二四六首を作り、翌月の「明星」に発表する。十一月、小説「鳥影」(「東京毎日新聞」)「我等の一団と彼」(「読売新聞」)連載など、小説を書くも文壇に認められず。

四十二年一月、「明星」終刊にともない「スバル」創刊、発行名義人になる。三月、生計のために「東京朝日新聞」校正係として務める。六月、函館から家族(妻子と母)を呼び寄せ、本郷弓町の床屋の二階に移る。十月、妻節子が義母との確執で盛岡の実家に戻る事件がある。

四十三年、「大逆事件」の年である。五月、当初は、宮下太吉ほか三人が爆裂弾による明治天皇への攻撃謀議で検挙される。それが計画全体の首謀者との嫌疑で「無政府主義者の巨魁」幸徳秋水と、愛人管野スガの逮捕にいたる。六月三日、幸徳拘引の記事解禁となるも、刑法七十三条「大逆罪」に関わる記事はない。だが啄木は立場上、この一件での拘引と認識した。そこで八月下旬、評論「時代閉塞の現状」を執筆。十月四日、長男真一が誕生するも、二十七日に病死。十二月、第一歌集『一握の砂』を東雲堂より刊行。集中の最後の一首。

かなしくも／夜明《よあ》くるまでは残《のこ》りゐぬ／息《いき》きれし児《こ》の肌《はだ》のぬくもり

四十四年、この年初からの啄木は目覚ましくも痛々しい。そこには大逆事件の衝撃、それとあいまって、病気の壊滅的進行がある。一月三日、友人の平出修弁護士と会い、幸徳秋水の弁護士宛「陳弁書」を借用する。二十一日、特赦により十二人への減刑が新聞報道される。だがそこに秋水の名前はなかった。二十五日、そのとき啄木は言葉をなくした。

「……午前五時先づ幸徳伝次郎を呼出し死刑執行を為すべき旨を告げたるに同人は粛然として命を預し毫《がう》も悪びれたる体なく導かるゝまゝに絞首台上に昇りたり合図と共に幸徳の体はパタリと空に懸り縛せられたるまゝ僅に手足を動かせしも暫時にして静止しさしも一世を動かしたる逆魁《ぎやくくわい》も茲《こゝ》に万事休せり……」（「朝日新聞」明治四十四年一月二十五日）

二月、身体の変調をおぼえ受診、慢性腹膜炎と診断されて青山内科に入院。四月、「死身でやらう」とした文芸思想誌「樹木と果実」の発行断念やむなくにいたる。五月、幸徳の「陳弁書」を筆写したものに前文を書き「'V NARÓD' SERIES——A LETTER FROM PRISON」を執筆。この間、病状は肺結核に移行し、次第に衰弱する。さらに妻節子の帰省の願いを拒否し、妻の実家堀合家と絶縁にいたる。起こるすべてが悪いことばかり。

ときに詩集『呼子と口笛』出版が構想される。その原型は「はてしなき議論の後」と題する九つの長詩で、この六月十五日より十七日にかけて書かれている。翌月、雑誌「創作」に一、八、九の三篇を除く六篇を発表。ここから第二詩集の編集を思いたち、推敲を加え、各詩篇を独立した作品として「はてしなき議論の後」「ココアのひと匙」「激論」「書斎の午後」「墓碑銘」「古びたる鞄をあけて」と標題を付し、さらに「家」「飛行機」の二篇の新稿を追加している。

既出の六篇と、二篇の新稿と。その受け取りかたは大きく分かれる。だがここでこの点にはふれない。わたしは考えるのだ。啄木の死に思いいたすときこの二篇の詩は欠かせないものだと。まず集中いっとう長くゆるい一篇「家」をみよ。

今朝《けさ》も、ふと、目のさめしとき、／わが家と呼ぶべき家の欲しくなりて、／顔洗ふ

間もそのことをそこはかとなく思ひしが、

……………

場所は、鉄道に遠からぬ、／心おきなき故郷の村のはづれに選びてむ。／西洋風の

木造のさつぱりしたひと構へ、

そのように歌い出しておよぶ。そこには「広き階段とバルコンと明るき書斎」「すわり心地のよき椅子」「真白なるラムプの笠」があって、そこで「かをりよき埃及煙草ふかしつつ／四五日おきに送り来る丸善よりの新刊の／本の頁を切りかけて、」云々などなど、とあれこれと夢想するのである。オプティミックなまでのこの「欧化」ばんざいオンパレード。

なにがそんな悲しいって、いやこの「欧化」アイテム。それをまあ喜ばしげに、これみよがしに列挙するあたり。だいたい「心おきなき故郷の村」とあるが、それこそそこを「石をもて追はるるごとく」出てきたのである。なんともどうにも啄木のそれは骨絡みのようである。

ついてはさきの六篇も事情はかわらない。たとえばこの一篇「書斎の午後」の極端さはどうだ。

われはこの国の女を好まず。
読みさしの舶来《はくらい》の本の／手ざはりあらき紙の上に、／あやまちて零《こぼ》したる葡萄酒の／なかなかに浸みてゆかぬかなしみ。

われはこの国の女を好まず。

ところで『呼子……』に先立って書かれた「心の姿の研究」（明治四十二年十二月）をみよう。「心の……」は、その直前に発表なる評論「弓町より――食ふべき詩」の実践化として試みた口語自由詩の先駆となる作品である。これについては詳しくはしないが、その先駆性、達成度とも、いまからみても高いものがある。ひるがえって『呼子……』は、詩型（文語自由律）からも、内容（前述私見）からも、はっきりと一歩後退はいなめない。

それはさて。ここで最後の詩作となる前掲の一篇「飛行機」をみよう。ここには啄木の最後の夢と挫折がある。

まずは「見よ、……」のリフレインに挟まれた一連である。すでにして「家」でみられた夢はことごとく潰えてしまった。おそらく粗末な貸間の一室でだろう、「肺病やみの母親」と、「給仕づとめの少年」は、ひっそり身を寄せ合い暮らしている。とすると遅からず彼もまた発病するのは誰にも明らかなこと。それはしかし少年が「リイダアの独学をする」とは、ことここにおよんでなお、なんという「船来」へのひたむきな没頭ではあろう。

だけど詮ない。はたして少年の独学は結実をみるか。まず否である。

だとするとこの「見よ、……」のリフレインをいったいどのように見たらいいものか。ところで飛行機といえば、じつはこの一篇がなる以前の六月九日、所沢で試運転が成功しているとか。おそらくそのニュースから病床の啄木はイメージをえたろう（翌十日には飛行失敗の記事が掲載されるが）。しかしどう見たらいい。わたしは知っている。たとえばこの詩を多くつぎのように読む向きがあるのを。

「……『今日も』と啄木が表現したのは、飛行機が青空高く飛ぶ時代の到来に〝希望〟を見たからに他ならない。『飛行機』を単なる希望の象徴ではなく社会主義、『少年』を民衆とし、民衆の中に分け入ってゆく社会主義者啄木を読む読み方、また、第一、第三連に啄木の浪漫主義を、第二連に自然主義を見、啄木は両者を最後の詩において調和させえたとする説もある」（戸塚隆子『日本名詩集成』鑑賞）

なるほどここに紹介されている、いわゆる国文的なる鑑賞法なるもの、そのどれもが一見もっともらしい。しかしそのいずれも大間違いとまでいわなくとも、やはりどれほどか脳天気としなければならない。

そもそもいったいなんで啄木が飛行機時代の到来に〝希望〟を見たとしうるのだろう。でなくてここはその反対でこそあるのでは。どうしてどうして啄木がそんなに幸福であるはずがない。ことこの最後の一篇にかぎって当方の鑑賞はこうだ。

いましも少年は疲れた眼で「飛行機の高く飛べるを。」見上げるのだ。空を震わす爆音と白い煙。それこそまさに「舶来」の先端たる機影を遠（怨?）望するようにもして。このときそれを〝希望〟とするには、啄木は重患で、あまりにも絶望しきっている。

四十五年、一月中旬、母カツが喀血。当時、肺病とは死病の別名。そこらはどう備えているのやら。あるいはそれこそ貧しさのためだろうか。啄木はというとこの死病にそれほど頓着しなかったようだ。いやそうではなく諦めるほかなかったか。やはりこのことでも悲しいことにもだ。このときようやく啄木は病状の深刻さを自覚するにいたったとか。そうすると詩の少年と母親、これはほぼそっくり、啄木と母カツとみていい。三月初め、母死去。もはや大団円である。

四月九日、二十円の稿料と引き換えに歌稿「一握の砂以後」を渡す。冒頭の一首。

呼吸《いき》すれば、／胸《むね》の中《うち》にて鳴《な》る音《おと》あり。／　凩《こがらし》よりもさびしきその音《おと》！

ここにきてわたしは啄木の死をあえて舌足らずも以下のごとくに極端に解するのをためらわない。

啄木は死んだ。「船来」の夢に殺された。「船来」それは、暗国ニッポンの真逆としてある、希望なるか。啄木は悲しい。

四月十三日、死去。享年二十六。

＊

「呼子と口笛」（「創作」明治四十四年七月）

『石川啄木全集』全八巻（筑摩書房　昭和四十二〜四十三年）

03

山村暮鳥

わたしが病んで

「二たび病床にて」

わたしが病んで
ねてゐると
木の葉がひらり
一まい舞ひこんできた
しばらくみなかつた
森の
椎の葉だつた

「おなじく」

わたしが病んで
ねてゐると
蜻蛉《とんぼ》がきてはのぞいてみた
のぞいてみた
朝に夕に
ときどきは昼日中も
きてはのぞいてみていつた

＊

引き裂かれた。これこそ詩人に専用の形容詞であろう。ことこれについては暮鳥ほどにこの言葉にふさわしい詩人はざらにはいまい。

引き裂かれた。それゆえ彼は煩悶を止まなくし、それゆえ彼は振幅を激しくする。そうであればその詩も人も易しくあるはずがない。どうしてまた暮鳥は二律背反人間の極北になったろうか？　とまれまずは年譜に沿うことから。

明治十七（一八八四）年、一月十日、群馬県西群馬郡棟高村（現、高崎市）に生まれる。本名土田（旧姓志村、のち木暮）八九十。二つの旧姓を名のる。このことからもその生い立ちからして引き裂かれようがわかろう。仕合わせから見放された幼時。いまその仔細はおくが、一家に諍い事が絶えず、五歳にして他家に引き取られるなど辛酸を舐める。二十八年、十一歳の年、父の事業失敗により尋常小学校も中退。以後、小作農の働き手として最底辺もどん底に喘ぐことに。回想にある。

「肉から皮を剥ぐやうな生活がはじまつた。陸軍御用商人。活版職工。紙屋。ブリキ屋。貿易商。鉄道保線課。さうした所の小僧、職人、書記と転々流れながれた。女を知り、物を盗み、一椀の食物を乞ふたことすらある」（「反面自伝」）

墜ちれば強くなる。窮すれば通ずるだ。それからなんと「十六で小学校の代用教員になつた。年齢を三つもごまかして許可の辞令を受けた」というのである。

三十四年、教員の身分で、前橋聖マッテア教会が開設する英語夜学校に通い、聖書に出会う。「自分は日本人の持たないものに依て精神的に常に動かされた」と。翌年、受洗。

三十六年、東京佃島にある聖マッテア伝道学校を経て、聖三一神学校に編入学、聖職者の道を踏み出す。こうして神の僕《しもべ》の道を歩むいっぽう、ひそかに詩を読み詩を書きはじめる。神学で律することがついにかなわぬ、心の暗闇というものはたしかにある。じつはそのさき入学以前に自殺未遂事件を三回起こしているのだ。

四十三年、人見東明らの自由詩社同人となり、雑誌「自然と印象」に発表する、官能の息吹を高らかに謳う詩が評判を呼ぶ。この間、伝道師として秋田、横手、仙台と教会を転任する。そして官能謳歌の詩が上級牧師の警告を受けて、翌年秋、福島県平町へ。

伝道師詩人。もとより両立しがたい、それこそ矛盾そのもの、まったく煩悶のもとだ。詩を書くか、神に祈るか。信仰か、詩作か。昼はイエスに跪き、夜はデーモンに額ずく。もうずっと引き裂かれたまま。

大正二年五月、処女詩集『三人の処女』を自費出版。


いとしや、／肌のなめらかなる／しきりに涙ながる。

わが愛欲の花は、ほの白、／つかれながらに匂ふなれ、／林檎の様な心はめざめに／ほと嘆息《ためいき》す。


「賜物」

まあこのような美麗な詩語をつらねたもの、たとえいかに官能的、愛欲的にすぎようと、これぐらいでは深刻な問題とはならない。六月、牧師土田三秀の長女冨士と結婚。ときにこのような愛の詩をものするのだ。

よもすがらきみとねむりて／きみときくやみのしたたり／よもすがらきみとねむりて／しづかなるとこのともしび／きみときくやみのしたたり／おとなくおつるそのしたたり／なにゆゑのあしたのいのち

「幸福」

いましも愛を交わし合った、二人が熱く火照る身体を横たえ、しーんと闇の滴りを耳にする。そしてゆくりなく思いいたるのである。なにゆえにかく生かされているか、と。じつに暗くも静かな詩である。そうなのだが突然、俄然、変貌するのである。

三年、萩原朔太郎、室生犀星らと人魚詩社を設立。

四年、『聖三稜玻璃』を刊行。これがかつてない異風な詩で世人を驚かせるのである。いやそれは「世界に類がない珍奇な」（朔太郎）ものだった。まずもって巻頭の一篇が驚倒ものである。

竊盗金魚／強盗喇叭／恐喝胡弓／賭博ねこ／詐欺更紗／涜職天鵞絨《びろうど》／姦淫林檎／

傷害雲雀《ひばり》／殺人ちゆりつぷ／堕胎陰影／騒擾ゆき／放火まるめろ／誘拐かすてえら。
「囈語」

これをどう読解しようか。もちろんたんに珍奇な単語を羅列しただけではない。上段に人間の犯す罪を数えあげ、下段にそれに照応する感覚物をモザイクする。伝道師詩人としての二律背反性。これぞまさに引き裂かれた魂の詩でこそあろう。

しかしなんという、これはもうときの詩の天を突いたようなもので、だいたいこんなに凄い詩を書いてしまっては、いけないといおうか。友に宛てて書く。

「小生はこのコモンセンスの群盲味方の文芸界を焼くために、放火犯たるべし」「小生は今の文壇乃至思想界のために、ばくれつだんを製造してゐる。……此の詩集、今世紀にあまりに早き出現である」

この揚言やよし。たしかに正しかった。しかしながらこの時点で「あまりに早き出現」は理解されるべくもない。わずかに朔太郎がその先駆性を「象徴派中で最も極端な象徴派」であること、とりもなおさず「未来派」であるとして評価したぐらいだ。あとは「コモンセンスの群盲」らの集中砲火を浴びて「ばくれつだん」は不発に終わるというしまつ。さきの回想にある。

「自分の芸術に対する悪評はその秋に於て極度に達した。或る日自分は卒倒した」

苦しみはいやまし。これからさきどんな詩の途を拓いたらいいものやら。そしてそれだけではない。かくなるはてはどうして神と折り合いをつけられよう。狂おしいばかりだ。

詩作は行き詰まる、朔太郎、犀星と袂を分かつ。教会、教権と葛藤、対立する。いかにすればこの出口なしの事態から転身できるというのか。まだまだいやもっと躓かなければならない。

七年一月、五年余り住み慣れた福島県平から水戸に転じる。この月、喀血して病臥、これより休職を余儀なくする。十月、若い詩友らを集い雑誌「苦悩者」を主宰創刊。この頃の音信に訴える。

「一銭銅貨一つなくつて十日あまりすごした此の苦痛は、キリストですらこんなくるしみは知らなかつたろう。／米みそが月末払ひでなかつたらとうに餓死してゐた自分等」

十一月、『風は草木にささやいた』を刊行。

この一集は『聖三稜玻璃』の否定である。ときにはっきりと詩人は人道主義的詩風へと展開をはかっている。これにはこの頃に知り傾倒したドストエフスキーへの参入が多きく与っていよう。大地に根ざした汎神論的な万物肯定へと傾く姿勢。それにつれて作品は平明なものとなる。それこそバカみたいに。

なにを言ふのだ／どんな風にも落ちないで／梢には小鳥の巣がある／それでいい／いいではないか

「梢には小鳥の巣がある」

「それでいい／いいではないか」。そのように自らに言い聞かせ頷きつづける。だがその苦しさはもうとても、「いい」、などとは言えたものでない。

九年六月、聖公会よりの俸給止まる。つまり馘首である。この事態に応じて知友らが暮鳥の経済的保護を目的とした「鉄の靴会」を発足させ、その送金で生活する。

十年五月、『梢の巣にて』を刊行。

この集に神を糾問する千三百余行の長詩「荘厳なる苦悩者の頌栄」を収載する。その最後、かくも神を弾劾し人間を讃むのだ。

真のあなたである神様／理想としての神様／それをわたしはわれ〳〵人間にみつけました／眼ざめた人間がそれです／あなたに詛はれた此の大地を／ともかくも楽園とした人間です／その人間です／おゝ新しい神様

「新しい神様」たらん「眼ざめた人間」よ来たれ！　熱いこの呼びかけ。しかしこの年ともなると、いよいよ病状は悪化、生活は困窮をきわめる。病床に呻吟する毎日。多く童謡、童話を書く。そして小説もまた。さらに多く詩を書き継ぐこと。そしてその詩はというと、さながらその苦しい息のごとくにも、だんだんに短くなりだす。やがてそれらは最後の詩集『雲』の一集になるのだが。もはやそのときの刻はすぐそばまできている。十三年七月、『雲』印刷にかかる。この頃、このように知人に音信している。「自分は華厳経を読んだ。すばらしいものだね。仏教にはもうおどろくばかりだ。いまは正法眼蔵をよんでゐる。もうもうたまらない。大きなものはみんな隠れてゐるんだね」

それはいかなる境地であるのか。ついてはこの一篇をみてみよう。

宗教などといふものは／もとよりないのだ／ひよろりと／天をさした一本の紫苑よ

「ある時」

ここに詩人が苦しみ辿り着いた地点が窺えよう。それはむろんキリスト教から仏教へと改宗したなんてことではない。だいたいから「宗教などといふものは／もとよりないのだ」というのである。そうすると何があるのか。

ただもう山川草木、生きとし生けるもの、鳥獣虫魚があると。そしてまた人もひとしく。そうだ、いやそれこそ「ひよろりと／天をさした一本の紫苑よ」というままに、あると。しかしこの短詩はあまりにも抽象、放下しすぎていて了解がゆかないか。そこで前掲作「二たび病床にて」をみる。「わたしが病んで／ねてゐると」。いったいそこに誰が訪ねてくるだろう。やって来てくれるのは誰であろう。「椎の葉」であり、「蜻蛉」なのだ。わたしにはこの彼らの訪れが嬉しくてならない。いやこれでは分かったようで、まあますます分からないか。それならたとえば滑稽なこんな、くだいた一篇はどうだろう。

うつとりと／野糞をたれながら／みるともなしに／ながめる青空の深いこと／なんにもおもはず／栗畑のおくにしやがんでごらん／まつぴるまだが／五日頃の月がでてゐる／ぴぴぴ　ぴぴ／ぴぴぴぴ／ぴぴぴぴ／どこかに鶸がゐるな　「ある時」

これはいい。「うつとりと／野糞をたれながら」。これである。ここに尻を捲る誰かも、「青空」も、「栗畑」も、「月」も、「鶸」も、みな同じ根から出たもの。それにつけても「野糞」とはまたなんと。なんともまことに愉快なかぎりなこと。喰ったものは糞になる。糞はまた肥やしになる。これぞまったき自燃なるかである。

野糞、はては、野晒。おそらくこのとき、引き裂かれたものが同じ一つに、死なば死にきりにして土に還ると、さだまっていった。

暮鳥は良い。ほんとまったくその引き裂かれようといったら。暮鳥が好き。

十一月、『雲』の校正を病床で終える。

十二月八日、死去。享年四十。
没後、十四年一月、『雲』上梓。

*

『雲』（イデア書院　大正十四年）
『山村暮鳥全集』全四巻（筑摩書房　平成一〜二年）

04

大手拓次

いまは　もう

なつかしい死のおとづれは

「死は羽団扇のやうに」

この夜《よる》の　もうろうとした
みえざる　さつさつとした雨のあしのゆくへに、
わたしは　おとろへくづれる肉身の
あまい怖ろしさをおぼえる。
この　のぞみのない恋の毒草の火に
心のほのほは　日に日にもえつくされ、
よろこばしい死は
にほひのやうに　その透明なすがたをほのめかす。
ああ　ゆたかな　波のやうにそよめいてゐる　やすらかな死よ、
なにごともなく　しづかに　わたしのそばへ　やつてきてくれ。

いまは　もう　なつかしい死のおとづれは
羽団扇《はうちは》のやうにあたたかく　わたしのうしろにゆらめいてゐる。

＊

大手拓次。若くして萩原朔太郎、室生犀星とともに「白秋門下の三羽烏」と謳われる。しかしながら前二者がやがて華やかな脚光を浴びるも、ひとり彼のみが「不運の星」（白秋）のままに忘失された。いったいぜんたい何あって彼は輝かない星になったものか。大手拓次、どうも絶望的なまで、理解不能。おそらく多くが同じだろう。わたしにとって長くこの詩人の存在はその極みにありつづけた。わたしはその詩につよく惹かれてきたのだ。だがおかしな言い方だがどういうか。なんとなしその深くまで入りきれない。つまるところは、理解不能、のくちだった。

ところがどうだろう。ついせんだって知り合いの女子大生がその詩を読んでおっしゃった。「キモイ！　オタク！」。ときにそれをきいてストンと胸のうちに落ちるものがあったのである。

大手拓次＝オタク。

いやそうか、わたしは膝を打ち深く頷くのだった、これはいい。ようやくのこと言葉の正しい意味で、詩人に時代が追いついたかと。

さて、いったい彼はいかなる星のもとで生まれたか。そしてオタクの先駆となったろうか。

明治二十（一八八七）年、十一月三日、群馬県碓氷郡西上磯部村（現、安中市）磯部温泉の旅館経営者の次男に生まれる。まずはその生い立ちに何かあるか。箇条にしてみよう。

一つ、幼時に両親、七歳で父の、九歳で母の、死に遭ったこと。

一つ、その結果、また商売柄、兄弟はみな女中つきで育ったこと。

一つ、虚弱な彼は祖母の寵愛を受け、おばあちゃん子だったこと。

孤独癖、女性思慕、あるいは退嬰的気分というか。のちのオタク詩人の横顔を窺えようか。さらにいま一つの事項が加わることに。

三十三年、群馬県立安中中学（現、安中総合学園高校）に入学。五年生の年、一七歳の秋、中耳炎から脳膜炎を併発して中退（翌年、再編入）、以来、左耳難聴と頭痛に苦しむ。それもあってだろう。この頃、文学に目覚める。

三十九年、早稲田大学高等予科入学。病気の後遺症に悩みながら、連日大学の図書館に入りびたり、内外の古典を渉猟する。わけてもボードレールを通して象徴主義の洗礼を受けたことは決定的なものとなった。『悪の華』は生涯の枕頭の書だ。

四十五年、早大英文科卒業。卒論は「私の象徴詩論」。この年、北原白秋主宰の「朱欒《ザンボア》」に口語詩「藍色の蟇」ほか一篇を投稿。以降、「地上巡礼」「アルス」などに旺盛に詩作を発表。耽美、幻想、怪異の詩的世界を展開し、後進の朔太郎に強い影響を与える。たとえばこの時期のこんな一篇をどうみよう。

河原の沙のなかから／夕映の花のなかへ　むつくりとした円いものがうかびあがる。／それは貝でもない、また魚でもない、／胴からはなれて生きるわたしの首の幻だ。／わたしの首はたいへん年をとつて／ぶらぶらとらちもない独りあるきがしたいのだらう。／やさしくそれを看《み》とりしてやるものもない。／わたしの首はたうとう風に追はれて、月見草のくさむらへまぎれこんだ。

「河原の沙のなかから」

ここに「胴からはなれて……」とある。上半身（観念）と、そして引き裂かれた、下半身（肉欲）と。そこにこそ彼の特異な詩の発祥の謎がひそむか。

大正五年、二十九歳、文学で身を立てるべく長く無職でいた拓次だったが、その夢が叶わず、ついに生活のためにライオン歯磨本舗広告部に入社する。燃え上がるような芸術的野心と、とても相容れない、砂を噛むばかりの会社員生活と。彼はひたすら詩作に没頭することで堪えるのである。十年一日、昼は薄給の勤め人として会社で黙々と働くこと、夜は下宿に籠もり香を焚いて幻想の猟人となる。ここで香の関わりで言えば、拓次の臭覚は鋭く、二十数種の香水をも嗅ぎわけたと。こんな「香料」詩篇がある。

香料の肌のぬくみ、／香料の骨のきしめき、／香料の息のときめき、／香料のうぶ毛のなまめき、／香料の物言ひぶりのあだつぽさ、／香料の身振りのながしめ、香料の髪のふくらみ、／香料の眼にたまる有情《うじやう》の涙、

「香料の墓場」

とびたつヒヤシンスの香料、／おもくしづみゆく白ばらの香料、／うづをまくシネラリヤのくさつた香料、／夜《よる》のやみのなかにたちはだかる月下香《テユベルウズ》の香料、／身にしみじみと思ひにふける伊太利の黒百合の香料、／はなやかな著物をぬぎすてるリラの香料、

「香料の顔寄せ」

以下、チユウリツプの香料、アマリリスの香料、アカシヤの香料、糸杉《シプレ》の香料、鈴蘭の香料、……。などとそれこそ鼻をきかせ嗅ぎわけて飽きないのである。「香料」詩篇（全集一、二巻中、二十二篇）もだが、さらにキモイのは、「薔薇」詩篇（同、六十一篇）である。

わたしの手がふれないでゐると／おまへはそのつぼみをいつまでもひらかうとしない。／わたしの指は、／しろいひばりのくちばしのやうに／おまへのはなびらにふれました。／おまへの心にさかはらないやうに／ほのぼのとさはりました。

「ひらかうとしない薔薇」

はるはきたけれど、／わたしはさびしい。／ひとつのかげのうへにまたおもいかげがかさなり、／わたしのまぼろしのばらをさへぎる。／ふえのやうなほそい声でうたをうたふばらよ、／うつくしい悩みのたねをまくみどりのおびのしろばらよ、／うすぐもりした春のこみちに、／ばらよ、ばらよ、まぼろしのしろばらよ、／わたしはむなしくおまへのかげをもとめては、／こころもなくさまよひあるくのです。

「まぼろしの薔薇」

いやはやほんとう、夜のこの顔たるや、なんたるであろう。このように「胴からはなれて……」、ちょっと怖い異常な日常を送ること、つまりはオタクを生きるしだい。ところで引き裂かれた詩人には二つの顔があった。まず一つは少女思慕である。

こひびとよ、／おまへの　夜のくちびるを化粧しないでください、／その　やはらかいぬれたくちびるに　なんにもつけないでください、／その　あまいくちびるでなんにも言はないでください、／ものしづかに　とぢてゐてください、／こひびとよ、／はるかな　夜のこひびとよ、

「夜の脣《くちびる》」

どんなものだろう。まったくこの一篇でじゅうぶんか。この「こひびとよ」とは誰であるのだろう。それら多くは勤め先の女の子だとか。だがしかし哀しいかなである。むろんのことそれは片思いでしかない。まあキモイのだ。こんな挿話がある。ときに詩人が見初めた少女が誰あろう。

十三年、拓次三十七歳、入社した事務員がいた。山本ちよ二十一歳。のちの演劇「夕鶴」のおつう、名女優山本安英（一九〇六〜九三）だった。むろん悲恋である。

このような詩をえんえんと綴ってあかない。そうかというと、いっぽう「蛇」詩篇（同、二十一篇）があること、どういうものか。いま一つは妖異嗜好とくる。

人間の目玉をあをあをと水のやうに／藍絵《あゐゑ》の支那皿にもりそへ、／すずろに琴音《ことね》をひびかせる蛙のももをうつすりとこがして、／みづつぽいゆふべの食欲をそそりたてる。／あぶらぎつた蛇の花嫁のやうな黒い海獣の舌、／むしやきにしたやはらか

い小狐の皮のあまさ、／なめくぢのすのものは灰色の銀の月かげ、／とかげのまる煮はあをざめた紫の星くづ、／むかでの具足煮は情念の刺《とげ》、／……／ふかい飽くことをしらない食欲は／山ねずみのやうにたけりくるつてゐる。

「色彩料理」

などとまたこんな詩をえんえんとなのだ。いやもうこの一篇でじゅうぶん。ほんとちょっと考えられないったら。

純朴なあわあわとした思慕と、いったいいかなる悪戯がすることだろう、淫靡なぬめぬめとした嗜好と。まずさきに挙げた身体上の問題である。左耳難聴と頭痛、さらに眼疾、痔疾もまた。いま一つは性格上の問題である。これまた前記の事情もあり、どうにもこうにも極度の寡黙、孤独、内向の気質だったというのだ。極端な人見知りであること、白秋とは二度、朔太郎とは一度会ったきりとか。それはもちろん大きかったろう。だけどそれだけでは説明がつくわけがない。それは知れない、いやはたしてその内奥はいかがだったか、まるで窺えない。わたしはこのように推測してみるのである。

彼にはただもうただ詩があるばかり。とどのつまりは、オタク、でしかないこと。詩のほかこれとすべき何もなかったと。

こいつはちょっと凄いことではないか。拓次詩の真摯な研究家、原子朗は言う。

「……詩は不抜のとりでだった。彼はそこに立てこもって堪えたのである。彼の詩に社会性や思想の有無をいうのは自由ではあるが、最も人間的であることで、これほど純粋に、果敢に、愚直に、詩の原理を実践した詩人を私は知らない。それは逆説的には最も社会的で思想的な詩の一形態、ともいえるのではないか」（岩波文庫『大手拓次詩集』解説）

なるほどまったく右のとおりであろう。オタクであるとは、「最も人間的であること」。彼はひたすら詩を書きつづけて倦まなかった。「純粋に、果敢に、愚直に」。なんともその徹底ぶりといったら、詩壇と縁なく、交友も遠ざけ、独身を通して、ただいちずに詩神にひれふすという。そしてはてはつぎのような一篇までものしているのである。

ちろ　そろ　　ちろそろ／そろ　そろ　そろ／そる　そる　そる／　ちろちろちろ
／され　され　　されされされされされ／びるびるびる　びる

「夜の時」

いったいこのへんてこりんな経の誦まがいはなにであるのやら。ほんとにまったく、わけがわからない。しかしこんなことをしていると命を削ることになるのはわかる。

昭和七年、結核症状悪化、療養中詩作三昧。するとおぼえなくも前掲作にあるような、「よろこばしい」「やすらかな」「なつかしい」、そのおとずれをこそ招来するようになったか。

昭和九年四月十八日、看とる親しく近しい誰もなく、さながら「羽団扇」のごとく、そっと息を引き取る。享年四十六。

大手拓次。元祖オタク。詩作をはじめて二十七年間、作品はなんと約二千四百篇！しかるに生前に一冊の詩集もなしと。さいごに詩人としての生涯にふれて一言いっておく。いまわたしはこう改めたくなっている。

大手拓次。「不運の星」などではない、「幸運の星」でこそあると。

＊

『藍色の蟇』（アルス　昭和十一年）

『大手拓次全集』全五巻・別巻一巻（白鳳社　昭和四十五〜四十六年）

05

宮沢賢治

どうも間もなく死にさうです

「眼にて云ふ」

だめでせう
とまりませんな
がぶがぶ湧いてゐるですからな
ゆふべからねむらず血も出つづけなもんですから
そこらは青くしんしんとして
どうも間もなく死にさうです
けれどもなんといゝ風でせう
もう清明が近いので
あんなに青ぞらからもりあがって湧くやうに
きれいな風が来るですな

もみぢの嫩芽と毛のやうな花に
秋草のやうな波をたて
焼痕のある藺草のむしろも青いです
あなたは医学会のお帰りか何かは知りませんが
黒いフロックコートを召して
こんなに本気にいろいろ手あてもしていたゞけば
これで死んでもまづは文句もありません
血がでてゐるにかゝはらず
こんなにのんきで苦しくないのは
魂魄なかばからだをはなれたのですかな
たゞどうも血のために
それを云へないがひどいです
あなたの方からみたらずゐぶんさんたんたるけしきでせうが
わたくしから見えるのは
やっぱりきれいな青ぞらと
すきとほった風ばかりです。

＊

宮沢賢治。中原中也と並ぶ人気詩人だ。ここでその生い立ちを辿るまでもない。みんなが良く存じている。ついてはこの稿の性格、すなわち賢治の詩と死の行方を探るという、視点に絞ってみよう。

そこにその要《かなめ》に妹トシがいる。まずそのように当方は見立てるものである。

明治二十九年、八月二十七日（戸籍上は一日）、岩手県稗貫郡里川口村（現、花巻市）に質・古着商の宮沢政次郎とイチの長男として生まれる。

三十一年、十一月五日、トシ誕生。

賢治と二歳下の愛妹トシ。早くにすぎる若いトシの死！　それこそが賢治一生の大転回点となった。おそらく違ってない。とりあえずその節目となる時点あたりからみたい。

大正七年三月、盛岡高等農林学校（現、岩手大学農学部）卒業。四月、研究生となる。六月、肋膜炎を患い、医師より短命を宣告される。八月頃、童話創作を開始。十二月、日本女子大学校生のトシが肺炎カタルのため、東大病院小石川分院に入院する。その報に賢治は母イチと上京。病院近くに宿をとり看病、介護にあたる。

八年、滞京中に下谷鶯谷の国柱会館で田中智学の講演を聞く。また友人宅で萩原朔太郎の詩集『月に吠える』に出会い感銘を受ける。さらに東京での人造宝石の製造販売事業を計画するが、父の反対に遭う。二月下旬、トシ退院。花巻に連れ帰る。トシはこの後約一年間、自宅で療養する。

およそこの一年の出来事を摘録してみた。ここにはのちの賢治を語るに肝要な項目が出つくしているか。

どうだろう。一つ、病気。一つ、童話。一つ、信仰。一つ、詩作。一つ、父親。つづけよう。

九年五月、研究生を卒業。助教授推薦の話を辞退し、自宅で店番をする。十月、国柱会信行部に入会。信仰や職業をめぐって父と口論する日々がつづく。トシは病癒えて九月より、母校花巻高等女学校の教員心得となる。

十年一月、家族に無断で上京。国柱会館を訪問。本郷菊坂町に下宿、謄写版印刷の職に就き、国柱会の奉仕活動や街頭布教に参加。また猛然と童話を多作する。八月、トシが喀血。「スグカエレ」の電報に、大トランク一杯の原稿を持って帰郷。十一月、稗貫農学校(のちに花巻農学校。現、花巻農業高等学校)教諭となる。十一年一月、心象スケッチ「屈折率」「くらかけの雪」の初稿を書き、『春と修羅』収録詩篇に取り掛かる。このときの賢治の創作意欲は猛烈をきわめた。トシはどうか。晩秋から初冬へと、このあいだ懸念されていた、容態が急変する。
十一月二十七日。みぞれの降る寒い朝、トシの脈拍がみるみる結滞、命旦夕に迫る事態となる。いよいよその刻がこようとしている。わたしは思うのだ。いましも最愛の妹が逝こう、このときこの看取りの際に深く感得されたそれが、のちの賢治の一切を決定すると。

ああとし子／死ぬといふいまごろになつて／わたくしをいつしやうあかるくするために／こんなさつぱりした雪のひとわんを／おまへはわたくしにたのんだのだ／ありがたうわたくしのけなげないもうとよ／わたくしもまつすぐにすすんでいくから
「永訣の朝」

わたくしが青ぐらい修羅をあるいてゐるとき／おまへはじぶんにさだめられたみちを／ひとりさびしく往かうとするか／信仰を一つにするたつたひとりのみちづれのわたくしが／あかるくつめたい精進《じやうしん》のみちからかなしくつかれてゐて／毒草や螢光菌のくらい野原をただよふとき／おまへはひとりどこへ行かうとするのだ
「無声慟哭」

たとえばこの二聯をみればいい。先に立つものと、後に従うものと。ときに兄は妹に誓うのだ。「わたくしもまつすぐにすすんでゆくから」。だがそれにしても兄は妹に問わずにいられない。「おまへはひとりどこへ行かうとするのだ」

十二年七月末〜八月十一日、樺太旅行。これが亡き妹との交信を求める旅となる。トシはいまごろ天のどこらあたりを行っているだろう。

あいつはこんなさびしい停車場を／たつたひとりで通つていつたらうか
「青森挽歌」

そのまつくらな雲のなかに／とし子がかくされてゐるかもしれない
「噴火湾《ノクターン》」

どこまでも兄は妹の背を追いつづける。そしてその果てに心にするのだ。トシの魂を生きよう、と。そうすることが「信仰を一つにするたつたひとりのみちづれのわたくしが」なすべきこと。賢治は強く意志を固める。ところで註しておく。

ここに言う「信仰」に関わって。ときにその、「まこと」の道を賢治に示したのが、トシである。そのさきトシはというと、日本女子大学校の創立者であり当時校長であった成瀬仁蔵が、世界の宗教の共存を目指した設立した「帰一教会」の精神に深く感化を受けている。そのことからそれは一宗に限定されるものではなく、「世界ぜんたいが幸福に」(『農民芸術概論綱要』)ならんことをめざす、地球的乃至宇宙的な視野をもつものだ。さらにいま一つ註をほどこす。

賢治と、トシと。ふたりの魂の交感について書かれた一冊の本がある。『宮沢賢治妹トシの拓いた道——「銀河鉄道の夜」へむかって』(山根知子 朝文社)。ここで紹介にとどめるが、これが斬新なのである。題の通り、つじつめて言えば賢治はその一生「妹トシの拓いた道」を辿ったという、目から鱗。なんとはからずも小生の見方の味方があるとはである。

九月、樺太旅行の後、「手紙 四」、いわゆる「チュンセとポーセの手紙」を無署名で印刷、配布する。チュンセは賢治、ポーセはトシ。

……みんな、みんな、むかしからのおたがひのきや〔う〕だいなのだから。チュンセがもしもポーセをほんたうにかあいさうにおもふならおほきなゆうきをだしてすべてのいきもののほんたうのこうふくをさがさなければいけない。

トシの拓いた道を辿ろう。ここにこののちの賢治の詩と真実のすべてがある。

十三年四月、心象スケッチ『春と修羅』を自費出版。十二月、イーハトヴ童話『注文の多い料理店』を刊行。この頃「銀河鉄道の夜」初稿を書く。これもまたさきの挽歌群をひきつぎ、天なるトシをたずねる旅にほかならない。

十五年一月、岩手国民高等学校の講師となり「農民芸術概論」の講義を行う。三月、農学校を退職。八月、羅須地人協会を設立。以降、農業指導に奔走する。これらの奉仕の献身もまた、いうならばトシの果たし得なかった志を継いでその魂を生きることであった。

昭和三年八月、農業指導の過労から病臥、両側肺浸潤の診断を受ける。以後、約二年間はほぼ実家で療養する。

さて、ここで掲出作「眼にて云ふ」をみよう。これは療養生活を綴った詩群「疾中」三十篇のうちの一篇。生前未発表。三年から五年の間に書かれたと推定される。四年四月二十八日の日付のある詩「夜」にある。

これで二時間／咽喉からの血はとまらない／……／またなまぬるく／あたらしい血が湧くたび／なほほのじろくわたくしはおびえる

おそらくそんなことが幾度かあった、そのいつか書かれたものであろう。それにしてもこの詩をどう読んだらいいものやら。

だめでせう／とまりませんな／がぶがぶ湧いてゐるですからな

いやなんという凄絶さではあろう。それはもうみるからに「さんたんたる」ありさまなのである。それなのにこの清々しさはどうだ。

「きれいな青ぞらと／すきとほった風ばかり」

いったいどうして賢治はこんなに「のんきで苦しくない」というような境地にいたったやら。わたしは考えるのだ。いやそう「ねむらず血も出つづけ」のそのとき、賢治はいまわのきわのトシを枕元にしたたにちがいない。

うまれでくるたて／こんどはこたにわりやのごとばかりで／くるしまなあよにうまれてくる
「永訣の朝」

そのように言い残し逝ったトシを。いましも遠くとどく。その声に賢治は「わりやのごとばかりで／くるし」む自分を離れる。そうして覚悟するのだ。

「どうも間もなく死にさうです」

そのようなしだい。ところでこの詩群にじつになんとも、わけのわからない一篇がみえるのだ。こんなへんてこな。
　　　　　　　　丁丁丁丁
　　　　　　　　丁丁丁丁
叩きつけられてゐる　丁
叩きつけられてゐる　丁
藻でまっくらな　丁丁丁
塩の海　　　　丁丁丁丁丁
　熱　　　丁丁丁丁丁
　熱　熱　　　丁丁丁
　　　　　　（尊々殺々殺
　　　　　　　殺々尊々々
　　　　　　　尊々殺々殺
　　　　　　　殺々尊々尊）
ゲニイめたうとう本音を出した
やってみろ　　　丁丁丁
きさまなんかにまけるかよ

何か巨きな鳥の影
ふう　　丁丁丁
海は青じろく明け　　丁
もうもうあがる蒸気のなかに
香ばしく息づいて泛ぶ
巨きな花の蕾がある

「〔丁丁丁丁丁〕」

しかし何かの力をば賜ったか、このときは死なずにすみ、いつか病から復する兆しあり。

六年、ようやく床を離れること、東山町（現、一関市）の東北砕石工場技師となり石灰肥料の宣伝販売を担当。九月、出向中の東京で肺炎に臥し、遺書を認める。帰郷して再びの病臥。

十一月三日、手帳に『雨ニモマケズ』を書き留める。だがこのときも死の淵から再び還っているのだが。しかしそのときの刻はそこまできている。

八年、病床で砕石工場や肥料設計の相談に応じる。八月、「文語詩稿」を清書。うちの一篇にある。

青ざめし人と屍《しかばね》　数もしら／水にもまれてくだり行く／水いろの水と屍　数もしら
／（流れたりげに流れたり）「〔ながれたり〕」

九月二十日、呼吸困難に陥る。短歌二首を半紙に墨書する。うちの一首に詠む。

病《いたつき》のゆゑにもくちん／いのちなり／みのりに棄てば／うれしからまし

一首は、くだいて「かくてわが命は大地の肥やしにならん」ぐらいか、の謂。当夜、農民の肥料相談に一時間ほど応じる。

九月二十一日、容態急変。国訳法華経一千部を印刷して知己に配布するよう父に遺言。そしてその刻の午後一時半に差しかかった。

ジョバンニが冷たい草の上に寝転がっていると、サアーッと冷たい風が吹いてくる。すると野原の向こうから汽車の音が聞こえてきて、銀河鉄道の旅がはじまる。そのように賢治はというと天なるトシのもとへと招来されていった……。

賢治死去、享年三十七。

＊

「疾中」（生前未発表）
『校本 宮澤賢治全集』（筑摩書房　昭和四十八〜五十二年）

06

村山槐多

死と私は遊ぶ様になつた

「死の遊び」

死と私は遊ぶ様になつた
青ざめつ息はづませつ伏しまろびつつ
死と日もすがら遊びくるふ
美しい天の下に

私のおもちやは肺臓だ
私が大事にして居ると
死がそれをとり上げた
なかなかかへしてくれない

やつとかへしてくれたが
すつかりさけてぼたぼたと血が滴たる
憎らしい意地悪な死の仕業
それでもまだ死と私はあそぶ
私のおもちやを彼はまたとらうとする
憎らしいが仲よしの死が。

＊

血染めのラツパ吹き鳴らせ／耽美の風は濃く薄く／われらが胸にせまるなり

「四月短章」

村山槐多。お手上げしたい相手だ。夭折の天才。塊多ほどにこの言葉にふさわしい人物はまたとない。いやこの埒外の存在にたいして、ぜんたいどう言ったらいい、それこそ凡庸の見本のごときが。はなからまったく何をどう綴っても虚しいというものだ。いったいいかなる星のもとに生まれてきたのか。こちらにはわからない。どうやらわたしには彼を理解する器官に欠けているらしいのだ。だからわかりたいのだ。それでもっていかに死すべく定められていたか。

彼はまずなによりも早熟でなければならなく、加えてなにはどうあれ尋常であってはならない。槐多はというと、まずその生の沸騰の凄まじさで、天才らしかった。むろんのこと死に臨んだときにも。狂人と紙一重に近くあって、凡庸と百万里を隔てていた。

さて、天才の短かすぎる生はいかなる光芒を描いたろう。以下、『村山槐多全集』年譜（作成・山本太郎）参照。

明治二十九（一八九六）年、九月十五日、村山谷助、タマの長男として横浜市に生まれる。四歳、教師の父の転勤にともない京都に移り住む。小学生時代、教師らも驚く早熟さで、成績はつねに首席を通したが、手に負えない悪童ぶりも発揮する。幼くして詩画に特異な才をみせ、常軌を逸した行動が目だった。

四十二年、十三歳、京都府立第一中学校（現、洛北高等学校）に入学。二年生頃より文学に目覚める。エドガー・アラン・ポーに心酔し、自作のグロテスクな仮面をかぶりオカリナを吹きつつ夜毎、洛東の辻々を彷徨する。

四十三年、ときに出会いがある。それは渡欧を前にした従兄、画家山本鼎の訪問である。

その折、山本のスケッチに同行し、才能を見込まれて絵描きを志望。山本はパリに渡った後も、何かと従弟を励ます。これより槐多は絵描きになる夢に向かって一途に精進しはじめる、いっぽう現実への不満と周囲との軋轢から夢想の世界へ没入するのだ。彼はギリシャ神話を愛し、天平・白鳳の世界を夢み、もっぱら古代憧憬をつよくする。そしてその果てにふつうではない恋をすることに。

四十五年・大正元年、十六歳、辛く告げられない、恋を恋しはじめる。相手は一級下の「稲生の君」なる美少年。稲生はかのジョコンダを彷彿とさせる「京都一のめでたき少年」だったとか。槐多はたちまち花のかんばせの君にぞっこんになる。でもって恋の囚われ人はというと夜毎、ジョコンダの家の灯がみえる、神楽岡にのぼって詩を書き慰むのである。たとえばやるせなの胸のうちを訴えるこんなふうな。

「君に」

美しき君／実《げ》にたそがれにうち沈み／伽羅国の亡国びとの／ひとり子はなげきに沈む

緑青のしみ出でし／銅瓶に口つけて水呑む君／美しき頽廃に／影薄き哀歌に思沈める君

これをいまどう読んだらいいだろう。たしかに北原白秋、木下杢太郎の影響は濃厚である。だけどここには槐多にしかない美学がすでにある。京都なる閉鎖旧都に棲む多感な少年が夢みる古代憧憬。いかにもなこの歌いようはどうだ。「稲生の君」をして「伽羅国の亡国びとの／ひとり子」と擬する。いやなんともこの貴種流離譚めかしぶりといったら。

天才は現実に生きるものでない。これまたどうしようもなく凡庸な余りに凡庸な言いようでしかないだろうが。天才は夢想に生きるものらしい。

そこでこの恋の首尾をみよう。じつはこの頃の日記にある。「学校の放課の時稲生の君のしとやかなる姿を見たり。その歩み去り給ひし時悲しみ溢れぬ」（大二年十一月十三日）。恋心はさらに募るばかり、槐多はこうも歌うのだ。「是等の詩はわが友なるあへかなる少年のその異名をPRINCEと呼ぶに捧ぐるなり」と詞書きして。

われ切に豪奢を思ふ／青梅のにほひの如く／感せまる園の日頃に／酒精《アルコール》なむる豪奢を。

「青色廃園」

しかしなんと豪奢であることか。槐多はPRINCEをはるかにのぞむだけ、片恋のおもいにのたうつのだった。なんとしてもこの禁制の恋は成就するべくもなかった。

これらすべては夢の過剰のすること、であればこの世で実現すべくもない。はっきりと閾域を超えてしまった、それこそが天才の恋であるのか。

大正三年三月、中学校卒業。六月、稲生への熱い想いを振り切り、上京。小杉未醒（のちの放庵）宅に寄寓する。これは未醒が山本鼎と同時期にパリに遊学していた関係による。未醒の回想にある。

「この少年は悍馬だ。君ならば或は御せるかも知れない、と云つて山本君が彼を小生に嘱した。やがて小生は彼を田端の画室で見た。……。彼は何様悍馬以上である。御さうと思つては到底手に合ふものではない」（「槐多を想ふ」）

九月、日本美術院研究生となり、猛烈な勢いで画布に向かう。結成最初の二科展に「庭園の少女」など水彩画四点出品。四年三月、美術院第一回習作展に「六本の手ある女」ほか油絵数点を出品。托鉢に放尿する裸の僧侶を描いた「尿する裸僧」を制作。十月第二回美術院展に「カンナと少女」出品（院賞受賞）。この頃から生活が荒れる。加えて博多にいた両親が東京へ越してき、父との軋轢が多く、ますます退廃の度を深めてゆく。

五年春、未醒の許を離れ自活。この頃モデル「お玉さん」に熱烈な恋をする。彼女をモデルとして雇うために根津に越す。お玉さんがモデルに来なくなると毎日葉書を送り、浅草で彼女を見つけると毎日浅草へ出かけ、彼女が住んでいる場所がわかると近くへ引っ越すと。だけどこの恋は実るべくもない。失恋。苦しみを逃れ放浪の旅に出ることに。こんな真っ直ぐな詩がのこる。

うつくしい□□□□(1)／どうぞ裸になつて下さい／まる裸になつて下さい
ああ心がをどる

編註（1）お珠《ママ》さん　「どうぞ裸になつて下さい」

秋、帰京。根津に下宿する。ここでまた奇怪（?）な片恋事件を惹起させるのだ。なんとも下宿先の「をばさん」に恋をすると。これが芸者あがりの四十女という。槐多は「をばさん」の生活を助けるために、昼間工場で絵付けした給料を彼女にあげていた。しかし絵を犠牲にして働くことにジレンマを感じ、苦しんだ槐多は「をばさん」と別れる決意をする。むろんのこと男女の関係はあるはずなし。こんな真っ直ぐな詩がのこる。

老いし宴楽の女よ／われはそなたの前に顫ふ／炎の白金の面にためらふ如く
「ある四十女に」

失恋、酩酊、放浪、狂気……。ただもうその生活は荒れほうだい破滅に向かういっぽう。デカダンな日々を送るうちに、いやそうこれも天才の必至の道行きなのだろう。七年四月、突然、結核性肺炎に襲われる。

九月、千葉九十九里浜へ転地療養。十月中頃、病院を脱出、東京へ向かって歩いて七日目、ついにひどい喀血を見るにいたる。これはもう自殺行というもの。年譜にこんな血みどろの槐多がみえる。「残った酒を毒のようにあおり、のんでは血を吐き、血を吐いてはのみつづけた。岩の上は紅に染まった。潮がみち槐多の体を濡らした。彼はいまは冴えかえった意識で静かに死を待っていた」

なぜそんなにも死の衝動が強くあるものやら。どうにもこうにも凡庸にはようわからん。なんだかちょっと言おう言葉に窮してならない。

一、切にわが希ふは血。かの赤きいのちの液体。血をこそ満たせ万民を汝が生命の器に。二、血の他に幸なし。血の他に美なし。　「吾詩篇」

早熟すぎようものの罪というものか。いつかそうも血を頌えたものが、いまこのように血を吐くしかない。尋常ならざるものの罰というものか。

この年、師走「十二月四日」の日付のある詩篇をみよ。

ためらふな、恥ぢるな／まつすぐにゆけ／汝のガランスのチユーブをとつて／汝のパレツトに直角に突き出し／まつすぐにしぼれ／そのガランスをまつすぐに塗れ／

生《き》のみに活々と塗れ／一本のガランスをつくせよ／空もガランスに塗れ／木もガランスに描け／草もガランスにかけ／□□(1)をもガランスにて描き奉れ／神をもガランスにて描き奉れ／ためらふな、恥ぢるな／まっすぐにゆけ／汝の貧乏を／一本のガランスにて塗りかくせ。

編註（1）魔羅　「一本のガランス」

八年一月、もはやその刻はすぐ近くにきている。「一月二十二日」の日付のある一篇にある。

血が出る／肺から／こはれたふいごから／心から。

「陰萎人の詩句Ⅱ」

二月初旬。火の気のない部屋に臥す病人を友が訪ねている。ふとんにはまるで綿というものがなかった。槐多は笑って言った。「あんまり寒いから来月金が入ったらワラでも買って戸棚のなかで寝るか」

ここで掲出作をみよう。これは全集所収の「詩」のうち〔大正八年〕とある最後の一篇。おそらくもっとも危ういこの日頃のいつか書かれたものだろう。それにしても「死の遊び」とはまた、胸を塞ぐ、なんという業の深さではないか。

「すつかりさけてぼたぼたと血が滴たる／……／私のおもちやを彼はまたとらうとす

る」

いたしかたない。なんだって「死と私は遊ぶ様になつた」からには。すべなしである。二月十八日、雪まじりの嵐のなか、家を飛び出して、深夜二時頃、草むらに倒れているところを発見される。朝方、呼ばれた医者はこう言った。「夕方までもたない」十九日夕方、うわごとで稲生の君、お玉さんの名を口にする。もうそのときの刻はきている。「彼が長命して老年にして尚少年の春を残しうるほどになつたならば、日本はさしづめ一箇の偉物を獲た事であらう」（未醒　前掲文）。それはしかし詮ないことだ。

しまいにつぎの詩をみられよ。これはさきに槐多が稲生の君に捧げたものだ。わたしなどは思うのである。

これこそ予兆の一篇というか。はからずも彼じしんのことを言っていると。いやそう夭折の天才のことを。

げに君は夜とならざるたそがれの／美しきとどこほり／げに君は酒とならざる麦の穂の／青き豪奢

すべて末路をもたぬ／また全盛に会はぬ／涼しき微笑の時に君はあり／とこしなへ

「君に」

に君はあり

二月二十日、午前二時、「白いコスモス」「飛行船のものうき光」という謎めいた数語をのこし、槐多逝く。天が彼に賜いし命、二十二年五ヶ月。

＊

『槐多の歌へる』（アルス　大正九年）
『村山槐多全集　増補版』（彌生書房　平成九年）

07

八木重吉

琴はしづかに鳴りいだすだらう

「素朴な琴」

この明るさのなかへ
ひとつの素朴な琴をおけば
秋の美くしさに耐へかね
琴はしづかに鳴りいだすだらう

＊

八木重吉。キリスト教詩人、そのように流布している。はじめに断っておく。わたしはこの人の詩の良い読み手ではない。いやほとんどお手上げでしかない。それはわたしが無神論者であるからだが、どうしても、そちらのほうで読解困難をおぼえるのだ。そこでちょっと、ずらし加減にして、みることにしたい。

宗教詩人と、自然詩人と。いまここであえてこの人の詩には二つの顔があるとしてすすめよう。前者はどうもだが、後者はどうだろう。こっちのほうは良いのである、なんともいえず宜しくあるのだ。手に取るたびことあらたに、深く感じさせられるのである。もちろん双方が不可分なのは十二分に承知している。いうまでもなくその二つが重なるところ、そこにこそ彼の詩があるのだろうから。

宗教自然詩人、八木重吉。あえてそのように呼んではじめよう。とまれその詩と真実を年譜に沿ってみたい。

明治三十一（一八九八）年、二月九日、東京府南多摩郡堺村（現、東京都町田市相原町）に裕福な農家の次男に生まれる。癇癪もちで頑張りやの少年だった。当時の堺村は豊かな自然に恵まれた山間の僻村だ。のちにこうも望郷されるような。

心のくらい日に
ふるさとは祭のようにあかるんでおもわれる
　　　　　　　　　　　　　　　　「故郷《ふるさと》」

四十五年・大正元年、神奈川県師範学校（現、横浜国立大学）に入学。成績は優秀、とくに英語の成績は抜群であった。高学年になり、日曜日には日本メソジスト鎌倉教会のバイブルクラスに出席、学内の詩の会に加わる。

六年、十九歳、東京高等師範学校（現、筑波大学）文科英語科に入学。これから二十三歳までの四年間。ときに重吉に生涯を決定する出会いがある。

その一つは、文学への目覚めだ。なかでも北村透谷である。重吉は『透谷全集』二巻本を真読。その文学と生き方から多く影響を受ける（高師入学の翌年、透谷未亡人ミナを訪問）。またタゴールや、倉田百三の『出家とその弟子』を愛読する。だがいまだ習作の段階で本格に詩作はしていない。

また一つは、信仰への参入である。八年、「神人合一」を唱える富永徳磨師によって受洗。そのあと無教会主義の内村鑑三に近づき、聖書主義・再臨信仰の道へと進んでゆく。それがどんなにも真摯で矯激なものであったか。

たとえば聖書について、以下のように小文にのべる。

「私は、一生の自分の行ないがすべていけない事であっても、聖書を人にすゝめた事はよい事であったと信じて死ぬ事が出来ます」（「聖書」）

さらにまた再臨については、つぎのような詩行がみられる。

ああ　風景よ、いかれる　すがたよ、／なにを　そんなに待ちくたびれてゐるのか？／大地から　生れいづる者を待つのか？／雲に乗ってくる人を　ぎよう望して止まないのか？
「怒《いか》れる　相《すがた》」

そして、遅い恋の芽生え。十年三月、師範学校を卒業。短期間、知人に頼まれ女子聖学院三年級の編入試験を受ける、島田とみの勉強をみる。四月、兵庫県の御影師範学校（現、神戸大学）に奉職。この頃、とみに手紙で愛の告白をする。この遠距離恋愛の期間に、大学ノートに啄木調の短歌や短詩を書き綴る。重吉は一途だ。

十一年夏、結婚。ときに重吉二十四歳、とみ十七歳。これが生家の意向にそむいた略奪婚ともいうべき強引な結婚であった（その経緯は先行する透谷とミナの結婚を想起させる）。一男一女をもうける。結婚後、詩作ひとすじの道を歩みはじめる。

十四年四月、千葉県立東葛飾中学校（現、東葛飾高等学校）に転任。八月、処女詩集『秋の瞳』を刊行。しかしなんという神のお心のするところだろう。詩と信仰の合一を目指し精進するが、それは茨の道を行くこと、貧困と懊悩の日々がつづく。

これがいのちか、／これがいのちか、／ぬらぬらとおぐらいともしびのもとにみる／おのれの生活、　つまよ　ひとりの児よ、／このようにくれ　またあしたをむか

へる／これだけが　いのちの　あぢわひなのか

「無題——純情を慕ひて」

この世ならぬ、神の前に完全無欠な愛の家、それを築こう。重吉はあまりにも純粋すぎるのである。まったく現実はというと、ただもう「ぬらぬらとおぐらい」ままで、どこにも光明はみえない。重吉はほとんど発狂しそうになる。

裸になつてとびだし／基督のあしもとにひざまづきたい／しかしわたしには妻と子があります／すてることができるだけ捨てます／けれど妻と子をすてることはできない

「私の詩」

十五年・昭和元年二月、風邪で病臥。三月、診断の結果、結核第二期と宣告される。前出の小文「聖書」を書き、最後の授業に「キリストの再来を信ず」の一言を別辞とし、教壇を去る。これよりのち療養生活のかたわら、第二詩集『貧しき信徒』を病床で自選する（没後、昭和三年二月、刊行）。

ここでみておこう。両集併せて二百二十篇、このうち宗教的な吐露は十篇にもみたない。どちらかというと両集は自然詩人の仕事であるといえよう。さすがにこれは自選してなったもの、よく言葉が粒立って、ほんとなんとも際立っているのだ。

しかしながらである。わたしはというと両集以外の夥しい詩稿断片として遺されるたぐい（わずか三年間有余の短さで、なんと二千九百篇を超える！）、うちのほとんどの宗教的なそれに多く読解困難をおぼえるのである。どういったらいい。
どれでもいい。たとえば『八木重吉全詩集』（全二冊・ちくま文庫）の下巻からいま任意に開いた頁「欠題詩群」はどうだ。こんなふうなの。

イエスさま／イエスさま／イエスさま

「頌栄」

病める者を／お救ひにならうと来られた基督であった／病むわたしをも／きっと救って下さいます／こう信じて手を合せます

「基督」

イエスの名を呼びつめよう／入る息　出る息ごとに呼びつづけよう／……／死のかげをみたら／イエスを呼んで生きかへらう

「イエス」

波がひとつの川をながれてゆくように／一念に基督を呼んでゆこう

「一筋の心」

まだまだいっぱいあるのだが、これくらいにしておこう。だけどこれはこの連禱《れんとう》はどこからくるのだろう。いやちょっと言葉がみつからない。ほんとまったくこの恍惚としたさまといったら。こちらにはわからないのだ、これがどういうことなのか。

これについては、じしん信仰の篤かった妻とみの回想にある、こんなぐあいに。

「重吉のピンと張りつめた弓弦のような、場合によっては狂気に近いような熱烈な信仰には、ただただ圧倒されたことでした」(『花と空と祈り』編輯後記)

なるほど、そのとおりだったろう、じっさい。ところでである。ここで思い起こされる人の名がある。石原吉郎、わたしが言葉の正しい意味で呼んでいう、宗教詩人。この石原がある対談(「背後から見たキリスト」安西均と。『石原吉郎の詩の世界』所収)でする発言である。そこで石原ははっきりと重吉の詩を嫌悪もあらわに拒否する。なぜなら、ただその詩がひたすら神に甘えている感じがする、からだと。

「それを見ると、キリストのイメージは決まっているんですね。で、カトリックの教会に行きますと、必ずキリストの磔刑像がありますね、あれは真正面を向いている、非常にオーソドックスに。あれを裏返して見たらどうだろうか」

しかるにこれが重吉にはその「裏返しのキリスト像」という視点がないままだと。なるほどいささか厳しすぎなくもない。いやしかし信仰とは厳格なるものだ。だとするとそんな跪いているだけでは。

そこには祈念ばかりがあって、まったく疑念がないというか。神への帰依あるのみにして、神との葛藤はなくもがなか。いま一つ言おう。

わたしの詩よ／つひにひとつの称名であれ　「桐の疎林」

これなどはどうだ。なんだかまるで「裏返しの……」どころか仏教のそれではないか。アーメンならず、ナムアミダでは。これはここで引用はできないが、真宗信者の妙好人浅原才市（参照・『才市』水上勉）、をしのばせる境地といおうか。このことでは詳しくはおく。ついてはただこう断ってとどめたい。宗教詩人・八木重吉。わたしはそのように呼ぶのをためらうと。

どれほども紙面がなくなった。ではここから自然詩人としてみよう。こちらには佳品がいっぱいある。『貧しき信徒』から。

花がふつてくると思ふ／花がふつてくるとおもふ／この　てのひらにうけとらうとおもふ　「花がふつてくると思ふ」

草をむしれば／あたりが　かるくなつてくる／わたしが／草をむしつてゐるだけになつてくる　「草をむしる」

なんという静謐な世界であるだろう。たとえば後者の作品を引用して高村光太郎はこういう。
「詩はここにあるのだ。どんな厖大な詩にしろ、新奇な詩にしろ、この一点をはづれたものはこけおどしに過ぎない」（「八木重吉について」）
ほんとなっとくである。ここにもう一篇引いてみたい。これなどはどうだろう。

　木に眼が生つて人を見てゐる　　　　　　　　「冬」

俳句より短い一四音の短詩。「詩はこゝにあるのだ」というほかないような作。どこかルドンの絵を思わせるこれもまた深く響くものがないか。
それはさて病のそしてまた時のすぎるのには早いものがある。気力を振るい『貧しき信徒』を自選し終わる。するとその刻がすぐそこ目のまえにもう迫ってきているのだ。そのいつの日かとみに告げたという。

　神様の名を呼ばぬ時は
　お前の名を呼んでゐる　　　　　　　　「ノオトD」

そこで前掲作である。ここにいう「素朴な琴」とはほかならぬ詩人じしんだ。そしていま、まさにそれが「しづかに鳴りいだすだらう」その刻となっている、というのだ。

昭和二年。「十月、危篤が告げられ高熱のなかで十字を切る。キリストの姿を見たしぐさをする」（年譜）。いやたしかにその秋は「美くしさに耐へかね」るほどだったろう。十月二十六日、稀有の宗教自然詩人・八木重吉、昇天。享年二十九。

没後、二人の遺児をも相次いで亡くした、とみは歌人吉野秀雄と再婚。夫とともに協力して、『定本八木重吉詩集』（昭三三）を刊行するなど、重吉の遺志の顕彰につとめた。

＊

『貧しき信徒』（野菊社　昭和三年）
『八木重吉全集』全三巻（筑摩書房　昭和五十七年）

08

尾形亀之助

花デハナイ

「雨ニヌレタ黄色」

花デハナイ。モミクチヤノ紙デハナカラウカ、景色ハ、ソノアスファルトノ路ノ上ノ黄色イモノニ染マルコトモナク、イツサイガナントナク澄ンデヰル。

自分ハ、ソレヲナガク見テヰタノカ、変ニ疲レタ気持サヘシテ、ナンダカ服ノ中ノ体ガ寒ムクナツタ。

ト、突然私ノ眼ニアフレテ一群ノ兵隊ガ通ルト、モウ黄色イモノハナク、燈ノ消エタヤウニソコラガ白々シイ薄暮ノ雨ノ路トナツタ。

＊

尾形亀之助。世の人は詩人を無用の者と言う。すると亀之助ほどにこの言葉を真の意味で徹底してみせた究極者はいない。なにしろ詩人は餓死の正しさにおよび、ちゃんと餓死を実践し逝ってみせたのだ。まずはこの無用の者を年譜に沿ってみよう。

明治三十三年（一九〇〇）、十二月十二日、宮城県柴田郡大河原町に県内屈指の素封家の長男に生まれる。尾形家は藩政時代からの酒造家、多くの田地と家作を持つ。祖父と父は無為遊行の趣味人で俳句や書に親しむ。幼時に喘息の兆候あり、終生の持病となる。四十四年、喘息療養のため、神奈川県鎌倉郡鎌倉町に転地させられる。ここで親元を離れ四年余り孤独な日々を送っている。大正三年、逗子開成中学校入学。二年後、明治学院中学校三年に転入。

五年、東北学院中学部に転入。仙台の常磐丁遊郭に出入りするなど、放蕩無頼の青春を送る。また学友らと短歌文芸誌「FUMIE（踏絵）」を創刊する。九年、同中学退学。仙台で創刊された石原純、原阿佐緒を中心とする文芸誌「玄土」に参加。上京して画塾に通う。

十年、森タケと見合い結婚。生家からの多額な仕送りで生活する。この年、未来派美術協会会員の木下秀一郎（妻の叔父）の影響下で本格的に画を描く。未来派展に出品。翌々年、ドイツ帰りの村山知義らと新興美術家の集団「MAVO」を結成、前衛美術運動を展開するも、ほどなく袂を分かっている。これから絵画を断念、詩作に専念している。十四年、二十四歳、第一詩集『色ガラスの街』を刊行。

これがどう言ったらいい。じつになんとも説明のしようのない、言葉でもってする絵画？　いやまあへんてこ至極なものなのである。

部屋には洋服がかかつてゐた
右肩をさげて／ぼたんをはづして／壁によりかかつてゐた
それは／行列の中の一人のやうなさびしさがあつた／そして／壁の中にとけこんでゆきさうな不安が隠れてゐた
私は　いつも／彼のかけてゐる椅子に坐つてお化けにとりまかれた

「彼の居ない部屋」

こんなふうに妄想し表現するおかしさ。そこにはたしかに時代の先端、フォルマリズム、ダダ、シュールレアリスム、絵画の影響がみられようが、これはもっと詩人に生来のものだろう。なんだかどうにもその詩を読んでいると、それこそ「お化けにとりまかれた」みたいな、わからない変な寒さをおぼえるようなのだ。

彼は今日私を待つてゐる／今日は来る　と思つてゐるのだが／私は今日彼のところへ行かれない

彼はコツプに砂糖を入れて／それに湯をさしてニユームのしやじでガジヤガジヤとかきまぜながら／細い眼にしはをよせて／コツプの中の薄く濁つた液体を透して空を見るのだ

新しい時計が二時半／彼の時計も二時半／彼と私は／そのうちに逢ふのです

「彼は待つてゐる」

わたしはどこにも行かなく誰にも会わなく長くになっている。ときに「彼と私は／そのうちに逢ふのです」なんて。わけがわからなくも夢うつつ誰かを待ち望んでいたりするか。

ところである、こんなおかしな詩を書くやつにかぎって家庭生活をつつがなく笑い送れるはずがない、いわずもがな。昭和三年、妻タケと離婚。これには亀之助の女問題がからむ。いまここで仔細にふれないが、離婚は一方的に夫側に非有り。妻に逃げられた亀之助のほうが二児を引き取っている。それからほどなく詩人の芳本優と同棲（のちに結婚）することになる。

四年、第二詩集『雨になる朝』を刊行。これまたほんとどう言ったらいいものやら。どことなく湿気ったよな持ち重りのする一集としようか。いやなんともこの変わりようはどうだ。ぼんやりと雨にけぶるよな、モノトーンの画があるきり。


子供が泣いてゐると思つたのが、眼がさめると鶏の声なのであつた。

とうに朝は過ぎて、しんとした太陽が青い空に出てゐた。少しばかりの風に檜葉がゆれてゐた。大きな猫が屋根のひさしを通つて行つた。

二度目に猫が通るとき私は寝ころんでゐた。

空気銃を持つた大人が垣のそとへ来て雀をうつたがあたらなかつた。

穴のあいた靴下をはいて、旗を持つて子供が外から帰つて来た。そして、部屋の中が暗いので私の顔を冷めたい手でなでた。


「二月」

『色ガラスの街』、そこにはいまだ作者意識らしきものがあった。『雨になる朝』。ここではそれがもう朦朧模糊となってしまっている。

太陽には魚のやうにまぶたがない　「昼」

昼の時計は明るい　「昼」

昼はイヤだ、明るすぎる。陽が出ている間は雨戸を閉ざして部屋を暗くして床に平たく臥すのみ。昼はダメだ、眩しすぎる。そんなんだから夜はよく眠るもならずぼうっと、あれこれと愚にもつかぬ、ことどもがぼやけた頭に浮かんだりしている。

ま夜中よ
このま暗な部屋に眼をさましてゐて
蒲団の中で動かしてゐる足が私の何なのかがわからない　「眼が見えない」

眠れないので夜が更ける

私は電燈をつけたまゝ仰向けになつて寝床に入つてゐる
電車の音が遠くから聞えてくると急に夜が糸のやうに細長くなつて
その端に電車がゆはへついてゐる

「夜がさみしい」


五年、第三詩集『障子のある家』を私家版で刊行。これこそ遺書がわりとされる詩集ではあるが、まったくその徹底性をみるにつけ、これはもう要約しようとしても無理なことだ。まずこの扉書はどうだ。

「あるひは（つまずく石でもあれば私はそこでころびたい）」

さらにまたどういう意味のことであるのやら。つづいてこのように「自序」におよんでいるのだ。

「何らの自己の、地上の権利を持たぬ私は第一に全くの住所不定へ。それからその次へ」さて「つまずく石」とはいったい？　それは何を指し示すのか。そして「その次へ」とはどういう？


昼頃寝床を出ると、空のいつものところに太陽が出てゐた。何んといふわけもなく気やすい気持になつて、私は顔を洗らはずにしまつた。
陽あたりのわるい庭の隅の椿が二三日前から咲いてゐる。
机のひき出しには白銅が一枚残つてゐる。
障子に陽ざしが斜になる頃は、この家では便所が一番に明るい。

「三月の日」

これが冒頭の一篇である。それだけのことように目に止まったことどもを、散文詩型にして、体温もなげ、動機もなげ、意味もなげ、脈絡もなげ、不感無覚なこと、そっくりそのまま書き写すようにしているだけ。

寝床は敷いたまゝ雨戸も一日中一枚しか開けずにゐるやうな日がまた何時からとなくつゞいて、紙屑やパンかけの散らばつた暗い部屋に、めつたなことに私は顔も洗らはずにゐるのだつた。

「秋冷」

まったくもって起きるほどのことが何もないのであれば、この男はこんなふうに仰向けに水平になったまま臥して、ずっとこのまま死んだもののように目をさますべくもない。そうして眠っていて眠っていなく、やくたいなくも正しく当たりきなことを、ぼうっと思うとなく思ったりして。

……今日「詩人」といふものがあることよりも、いつそのこと太古に「詩人」といふものがゐたなどと伝説めいたことになつてゐる方がどんなにいゝではないかと、俺は思ふのだ。しかし、それも所詮かなわぬことであるなれば、せめて「詩人」とは書く人ではなくそれを読む人を言ふといふことになつてはみぬか。　「年越酒」

こんなことを書いてしまったら、「つまずく石」「その次へ」、とつづくさきは死となるのでは？

詩集の最後の一篇「おまけ　滑稽無声映画「形のない国」の梗概」(これが滑稽この上ない傑作である!)。それではないが、そんな「何処までも行つた人達は永久に帰つて来ないのでした」という「形のない国」へ行くこと、そういうのでは？

同年五月の年譜項目。「このころより、妻や親しい友人に、餓死自殺について語る」とある。この頃の詩ある。

私は不飲不食に依る自殺の正しさ、餓死に就て考へこんでしまつてゐた。……働かなければ食へないなどとそんなことばかり言つてゐる石頭があつたら、その男の前で「それはこのことか」と餓死をしてしまつてみせることもよいではないか。

「無形国へ」

八月。詩集刊行後、家具一切を売り払い、妻優と年下の詩友を伴い上諏訪に遊び、湖畔の布半別館に二ヶ月滞在。

「旅荘布半の日々、ただこれ黙々として酒をくむのみ／日々ただこれ、死をおもふのみ」

七年、仙台に帰る。尾形家の家作の一軒に住む。ここでも親掛かりでほとんど無為にすごす。やがて生家の凋落は隠せない。出入りの商人への支払いにも事欠く。十三年、仙台市役所税務課に臨時雇員として勤める。世間体を気にする父に従って不承不承に。この年、妻優が本家とのいざこざや無気力な夫に嫌気がさして子供を残し出奔。以後、再三、家出を繰り返す。

靴底に泥を吸はせ、ぬれた靴下のはき心ちわるく、もう燈のともつた街に役所を退けて、私は消残る夕焼の山の頂に眼をすえて歩いてゐるのだ。

子供達は、足を冷めたがり寝床に入つて私の帰りを待つてゐるだらう。私は小さい掌に饅頭などを一つゞつ渡し、うつかり眠つてしまつてゐる子の額を撫でてゆり起さなければならぬのだ。そして、夕飯を食べるのだ。

「浅冬」

十六年、生家は膨大な借財で逼迫する。負債整理のため、持家の一部の売却処分を決定する。妻子は別棟に越すが、立ち退き勧告もきかず、ひとり居座りつづける。喘息が悪化、併せて痔疾、尿道結搾症、腎臓炎を患う。この頃亀之助を訪ねた高橋新吉が書いている。「尾形はもはや人生に何の愉快も感ぜぬ虚脱した老人のように、背中をかがめている」（「尾形亀之助のメモ」）

役所が引けると屋台で一杯引っかけ廃屋同然の部屋に帰る。気が向けば子供の勉強机に凭れ筆を持つ。ここで前掲作をみよう。

これをどう読んだものか。わたしはこの時代に多く名の知られた詩人たちが雪崩を打って翼賛詩を書いたのを承知している。そうすると考えられよう。あるいはこれは周到にカモフラージュされた非戦のそれではないか。

なんとこの「一群ノ兵隊」はまさに亡霊の隊列である。いましも提灯行列に送られ行軍は死地へ赴いてゆく。

十七年、九月末日、居宅を明け渡すことになり、ひとり賄い付きの下宿屋に移る。その夕、子供らを誘い、映画を見せ、解散式だと言ってレストランで食事をともにする。これが遺された最後になる詩である。

……やがて日がかげつて電燈のつく頃となれば、襟も膝もうそ寒く何か影のうすいものを感じ、又小便をもよふすのであつたが、立ちあがることのものぐさか何時までも床の上に坐つてゐた。便所の蠅（大きな戦争がぼつ発してゐることは便所の蠅のやうなものでも知つてゐる）にとがめられるわけもないが、一日寝てゐたことの面はゆく、私は庭へ出て用を達した。

……『角笛を吹け』いまこそ角笛は明るく透いた西空のかなたから響いて来なければならぬのだ。が、胸を張つて佇む私のために角笛は鳴らず、帯もしめないでゐる私には羽の生えた馬の迎ひは来ぬのであつた。

「大キナ戦（1　蠅と角笛）」

これをまたどう読んだらいいやら。ひょっとすると亀之助はこれを書くことで、「大キナ戦」に対して、それこそ小便を引っかける気だったのではと。そんなふうに言うのはおかしいいか。

するうちにそのときの刻がこようとしている。とことこにきわまって心にするなにかあったか。

十二月一日夕、路傍にうずくまっている亀之助を通行人がみつけている。翌日夕、はこばれた空家になっていた尾形家の持家で誰にも看取られず事切れている。享年四十二。

＊

『障子のある家』（自家版　昭和五年）
『尾形亀之助全集』増補改訂版（思潮社　平成二年）

09

富永太郎

蛾よ、蛾よ、

「橋の上の自画像」

今宵私のパイプは橋の上で
凶暴に煙を上昇させる。

今宵あれらの水びたしの荷足《にたり》は
すべて昇天しなければならぬ、
頬被りした船頭たちを載せて。

電車らは花車《だし》の亡霊のやうに
音もなく夜の中に拡散し遂げる。
(靴穿きで木橋《もくきやう》を踏む淋しさ!)

私は明滅する「仁丹」の広告塔を憎む。
またすべての詞華集《アントロジー》とカルピスソーダ水とを嫌ふ。

哀れな欲望過多症患者が
人類撲滅の大志を抱いて、
最後を遂げるに間近い夜《よる》だ。

蛾よ、蛾よ、
ガードの鉄柱にとまつて、震へて
夥しく産卵して死ぬべし、死ぬべし。
咲き出でた交番の赤ランプは
おまへの看護《みとり》には過ぎたるものだ。

*

ふつう良き人は良き胎《はら》から生まれる。しかしながら詩人は悪しき環境から生まれるものだ。温かい手、でなく、冷たい目。あえていえば肉親や周囲のひどい無理解こそが詩人の誕生にあずかる。つまるところ詩人が身近にすべきは、ほんとうは非道な人間でこそある。

富永太郎は哀しい。なぜそうなのか、それは彼が良き家庭、それもありえないようなくわえてまたなんとも、良き友人に恵まれた、だからである。富永太郎は苦しい。

この人は良き星の下に生を受けた。

明治三十四（一九〇一）年、五月四日、東京市本郷区湯島（現、文京区湯島）に四人の弟妹の長男として生まれる。父謙治は、尾張藩士族出身で、太郎出生時は鉄道省事務官として勤務していた（後に青梅鉄道社長）。祖父の孫一郎は、逢山と号し、儒学を修め、詩歌、書をよくした。母方の丹羽瀬氏（岩村藩）にも代々文学の才があったとか（「論語」は太郎の最初の愛読書となる）。母園子は、立教女学校からお茶の水女子高等師範学校に学び、日本女学校、跡見女学校の国語教師を務める。太郎は両親の寵愛を一身に受けて育つ。幼時より学に優れ、絵画に才を見せる。

大正三年、誠之小学校を経て、東京府立第一中学校（現、日比谷高等学校）に入学。同級に河上徹太郎、一年後輩に小林秀雄、生涯の親友となる正岡忠三郎（子規の叔父加藤恒忠の三男で、正岡家の当主律の養嗣子）らがいた。いったいこんな恵まれた環境に生まれた詩人がいるだろうか。たとえばちなみにそう、そのまえの堀口大學、そのあとの谷川俊太郎、ほかわずかをのぞいて。

八年、府立一中卒業。第二高等学校（現、東北大学教養部）理科乙類（理系ドイツ語クラス）に入学。この年の学制改革により正岡忠三郎と同時入学になる。「人生の意義を究めるため、まず生物学より基礎を造りたい」と父に語ったという。しかし次第に文学に親しみ、ブレイク、ニーチェ、ショーペンハウアーを耽読する。さらにボードレールに傾倒し、また自ら詩作を試みる。

十年、二十歳。ときにこの歳こそ太郎の生涯を決定する年となるのだ。三月、数学と化学が不出来のため落第。ボードレールに傾倒し、散文詩を訳す。八月、最初の詩作「深夜の道士」をなす。

そして十月、恋愛事件である。平坦で問題のないその生涯にほとんど唯一の事件だ。相手は八歳年上の医師の妻H・S。たまたま太郎がS家に寄寓する退役将校にフランス語を習いに通ったのが縁であった。この頃、正岡に宛てて書いている。「例のマダム（不良少年の様な言葉づかひだ。ほかに言ひ様がないから仕方ない）のうちに同居してゐる陸軍の将校のところへ、ゆうべからフランス語を習ひに行ってゐる」

これが姦通罪などという恐ろしい法律があった時世である。このときの太郎がいたましい、あえて言うなら、とんでもなく情けなすぎるのだ。

年増女とお坊ちゃん育ちの世間知らず。人妻に片思いした一途な学生。おそらく太郎はこの構図を一歩もでない（そこいらは詳にしないが）。やがてことが周りの知るところとなる。そこでみるべきは太郎の対応の仕方はいかにとなろう。あくまでも恋愛は当人同士の問題であるはず。それがだけど良き家庭と良き友人の登場となるしまつ。太郎は母に宛てて書く。

「いつかの御心配の様子では『法律上の罪人』などといふことまでも想像なさるかも知れませんが、そんなことは絶対ないのですから御安心の為書きそへておきます」

そんなこんなでＳ夫婦と両親の間で話し合いがもたれる。そこで示談がなった。条件は太郎がすみやかに仙台を後にすること。それはさて太郎は言葉をなくした。なんともＨ女はその際こう言ったとか。

「私はただお友達のつもりで、お付合していました」

このとき太郎はその言葉をきいて、「ほんとかなあ」と一言呟くきりだったと。はなから太郎坊やごときは問題外であった。それなのにこんなお目出度い勘違い手紙を正岡へ送っているのだ。

「まさかそんなことはあるまいと思ふが、どうかすると女の死といふ考へにひどくおびやかされる瞬間がある。馬鹿な男だと思つて、河北新報の三面には毎日眼を通してくれる様に頼む」

　そしてこのお「馬鹿な男」はこんな涙の吐露をするのである。

　立ち去つた私のマリアの記念にと／友と二人アプサントを飲んだ帰るさ／星空の下をよろめいて、／互の肩につかまり合つた。
　――もうあの女《ひと》に会へないと決まつたときは／泣いたせゐで、俺は結膜炎に罹つたつけ。／――さうさう、すると、眼を泣き潰《つぶ》したといふ昔話も／まんざら嘘ぢやないかもしれない。

「COLLOQUE MOQUEUR」

　太郎は泣いた。大泣きに泣いた。ほんとにH女は飛んだ玉というか。いやそう、非道な人間、であった。しかしながらここで詩人としてみると、それこそ僥倖というか、ほんとじつに勿体ないほどのことなのだ。爾来、「立ち去つた私のマリア」H女は太郎の創造の源となる。
　畢生の代表作は散文詩「秋の悲嘆」。そこには「私のマリア」は「かの女」としてより熱っぽく息づいている。

私は透明な秋の薄暮の中に墜ちる。戦慄は去つた。道路のあらゆる直線が甦る。あれらのこんもりとした貪婪な樹々さへも闇を招いてはゐない。

…………

夕暮、私は立ち去つたかの女の残像と友である。天の方に立ち騰るかの女の胸の襞《ひだ》を、夢のやうに萎れたかの女の肩の襞を、私は昔のやうにいとほしむ。

…………

……私には舵は要らない。街燈に薄光るあの枯芝生の堅い斜面に身を委せよう。それといつも変らぬ角度を保つ錫箔のやうな池の水面を愛しよう………私は私自身を救助しよう。

このように一篇の終行にとどめる。ついてはこののち太郎はよく「自身を救助」しえたろうか。むろん、ノン、である。否！

十一年三月、第一高等学校（現、東京大学）仏法科を受験する。これが両親の願いでだ。ときに「一高受験の夜」と註した詩をみよ。

半欠けの日本《にっぽん》の月の下を、／一寸法師の夫婦が急ぐ。

二人ながらに　思ひつめたる前かゞみ／さても毒々しい二つの鼻のシルエット
「影絵」

仙台のS夫婦への嘲笑の一篇だ。こんなふうにいまだ未練たらたらでは一高はおぼつかない。むろん不合格である。

四月、東京外国語学校（現、東京外国語大学）仏語科に入学。当初は毎日真面目に通学する。しかしそれは長くはつづかない。六月、正岡へ書簡。

「先日来頑固な不眠症がやつて来て毎日三時ごろまで眠れない。ひるまはたまらなくぼんやりしてゐて、夜になるとまた冴えて来る」

この頃から、不眠に悩まされ、欠席も増える。そのぶんこの間は書くことに、ひたすら打ち込むのである。詩「大脳は厨房である」「無題（たゞひとり黎明の森を行く……）」「無題（幾日幾夜《いくひいくよ》の熱病の後《のち》なる／濠端のあさあけを讃ふ）」ほかを書き、ボードレール「港」「酔へ！」「Anywhere out of the world」「計画」などを訳す。また木炭画「自画像（Le 4 novembre 1922）」を描く。

十二月、しかしなんとも辛すぎるのである。正岡へ書簡。

「きのふは俺の一周忌だつた。夜中椅子に腰かけたばこを吸つてばかりゐた。俺にはふさはしい一周忌の法要かも知れない。酒が飲みたい」

十二年三月、出席日数不足のため落第。以後、事実上休学となる。四月、川端龍子の画塾「川端研究所」に通う。

八月、一人で仙台旅行、突如、上海行を思い立つ。十一月、これといった当ても準備も手はずもないまま、つまるところ行き当たりばったり、神戸から上海へ渡る。上海日々新聞社員にフランス語を教えて生計を立てる。そのつもりが行き先はまったく真っ暗なありさまだ。

十三年一月、帰国。画家として立つことを決心し、本郷の菊坂絵画研究所に学ぶ。ここにきてもう焦燥に駆られ階段を転げるばかりである。六月、正岡へ書簡。

「近頃は物質の本性に追跡されるやうな追躡狂のやうな自分を感じる。遁走しなくてはとてもたまらない」

そして月末のこと、なんとこのとき京都帝国大学に学ぶ正岡の宿に転がりこんでいる。七月、ここで非道な人間に出会うのだ。それは中原中也である。ときに中也は立命館中学校の四年であった。ここに仔細はおくが、太郎はこの六歳下の「ダダさん」中也にいいように翻弄され嘲笑されて、ひどく打撃をうける。

同月、前掲作「橋の上の……」を書く。さて、これをどう解したものか。

人生の崖っぷちに追いつめられ橋の上に立つ「哀れな欲望過多症患者」たる詩人。いましも彼は「人類撲滅の大志を抱いて」世界もろとも「凶暴」に煙を上昇させる「パイプ」

をもって爆破せんという。しかしながらその衝動は内攻するほかない。そこで己を哀れな「蛾」に見たて「夥しく産卵して」、呪詛の詩をものし「死ぬべし、死ぬべし。」という。このときすでに太郎はというと、その刻がそう遠くなく来ると、おそらくは自覚していたのだろう。いやそんな「夥しく産卵」する間とてない、と。

十月、最初の喀血。肺病を宣され、闘病に入る。同月、小林秀雄に薦められ同人誌「山繭」に加入。同誌創刊号に「橋の上の……」「秋の悲嘆」を発表。十二月、帰京。十四年一月、二度の喀血。二月「山繭」に「鳥獣剥製所」。三月「恥の歌」など四篇を発表、ボードレール「人工天国」連載を開始。この月、神奈川県片瀬に転地する。五月、「断片」を発表。

私は夢の中で或る失格をした。――私は人生の中に劇を見る熱情を急激に失つた。従つてさういふ能力をも。……。私は「現在」の位置する点を見失つてしまつた。世界はかなり軽く私の足許から飛び去り易くなつてゐた。私は長い夢の中で悲しくそれを意識した。／……／私は笑ひ声のやうに帰り途を見失つた。太陽はいつものやうに苦《にが》くあつた……

五月、脱走同然、自宅に帰る。六月末、肋膜炎を併発、これから寝た切りとなる。七月、「ランボオへ」を書く。

キオスクにランボオ／手にはマニラ／空は美しい／えゝ　血はみなパンだ

十月二十五日、大喀血。十一月五日、危篤。

十二日、酸素吸入器のゴム管を「きたない」といって自ら取り去り「ちゅうさん、ちゅうさん」（忠三郎の意）と二言発し、逝去。

そのきわみ「富永の最後の意識は自殺であった」（大岡昇平）としよう。享年二十四。

生前に書いた詩三十七篇、うち発表作は八篇。

非道な人間である、中也の追悼にある。

「友人の目にも、俗人の目にも、ともに大人しい人といふ印象を与へて、富永は逝った。そしてそれが、全てを語るやうだ」（「夭折した富永」）

いま一つ引こう。手帖の最後のページにこう、仏文で書かれていたという。

O ma vie ／ Maladie ／ Continuelle ／ De l'âme belle!

（大意、おお、わが生よ、美しい魂の絶え間なき病い）

＊

『富永太郎詩集』（家蔵版　昭和二年）
『定本富永太郎詩集』（中央公論社　昭和四十五年）

II

昭和・戦前

10

小熊秀雄

夜は。ほんとうに子供の

「親と子の夜（遺稿）」

百姓達の夜は
どこの夜と同じやうにも暗い
都会の人達の夜は
暗いうへに、汚れてゐる
父と母と子供の呼吸は
死のやうに深いか、絶望の浅さで
寝息をたてゝゐるか、どつちかだ。

昼の疲れが母親に何事も忘れさせ
子供は寝床から、とほく投げだされ

彼女は子供の枕をして寝てゐる
子供は母親の枕をして——、
そして静かな祈りに似た気持で
それを眺めてゐる父親がゐる。

どこから人生が始まつたか——、
父親はいくら考へてもわからない、
いつどうして人生が終るのかも——、
ただ父親はこんなことを知つてゐる
夜とは——、大人の生命をひとつひとつ綴ぢてゆく
黒い鋲《びょう》のやうなものだが
子供は夜を踏みぬくやうに
強い足で夜具を蹴とばすことを、
そんなとき父親は
突然希望でみぶるひする
——夜は。ほんとうに子供の
若い生命のために残されてゐる、と。

＊

プロレタリア詩というものがあった。プロレタリア詩人というものがいた。そのあらかたがクズ詩であって、またクズ詩人でしかなかった。そう言い棄てる。だが例外が二名ある。中野重治と、小熊秀雄と。前者はいい。じゅうぶんに多く語られている。後者である。

仮りに暗黒が／永遠に地球をとらへてゐようとも／権利はいつも／目覚めてゐるだらう、

「馬車の出発の歌」

小熊秀雄。鋭い批判精神をもって、時流に抗い、強権を撃つ、ひたすら熱い抵抗詩人。ここにきてその詩業が一部で評価されつつあるが、まだまだその名は一般に知られていない。これぞ偽物でない天恵の詩人である宿命だろう。それはさて、まず年譜的事実から、みてみよう。

明治三十四年（一九〇一）、九月九日、北海道小樽市の貧しい洋服仕立人の家に生まれる。夫婦は内縁関係で、三歳の年に母が死去した時点で、初めて私生児として届けられる。ここに詳細はおくが、その生い立ちは、なんとも悲惨をきわめる。のちの小熊夫人つね子の回想にある。

「小熊の語る、母の思い出は、四歳（註、数え歳）の時、死別した母の、口から吐いた赤血の色。父の思い出は五、六歳の頃海に投げられたことでした」（「秀雄のこと」）。ちなみに初期の短歌に「けだものの子」なる父殺しの一連がみえる。

ひそかにひそかにけだものの子のその親を柩《ひつぎ》のなかにいれにけるかな

四十五年、父と継母が樺太豊原に移住。秀雄は、二年余り、秋田の父の姉の下にあずけられた。このときが幼時で一番の幸福だったとか。

大正五年、十五歳、樺太の泊居《トマリオロ》高等小学校二年を卒業。その後、「養鶏場番人、炭焼手伝、鰊漁場労働、農夫、昆布採集、伐木人夫、製紙工場職工……」などを転々しながら「殆ど独立の生活を営む」（『一九三四年詩集』自記）。この頃に事が起こる。

「ところがその父が、小熊一八歳の時に、多感な少年秀雄を、人生の深渕に突き落しました。それは、世間一般の貧乏等という底の浅いものではなく、人間の背の届かない底の深い暗がりでした」（「秀雄のこと」）

十年、旭川に住む元芸妓の異父姉ハツを頼り寄寓。翌年、ハツの世話で旭川新聞社見習記者として入社。やがて文才を認められ文芸欄を担当、詩、童話などを書き始め、絵を描き、演劇活動にも手を染める。十三年、絵画展で鮭の尻尾をぶら下げたダダイスト風の作品を出品、その会場で旭川神居小学校の音楽教諭崎本つね子と出会う。翌年、結婚。

昭和三年、二十七歳、この間に二度短期の上京を試みたのち、妻子を伴い東京へ。業界紙を渡り歩きつつ詩作に打ち込む。翌年、豊島区長崎町西向に移る。以後、長崎町内を転々とし、「池袋モンパルナス」(小熊の命名)の芸術家、主義者と交流を深める。界隈には安酒場や茶房が多く、売れない画家、靉光《あいみつ》、麻生三郎、大野五郎など、またのちに画の手ほどきを受ける寺田政明がいた。小熊は個展を開くほど味のある本格の画を描いた。

六年、プロレタリア詩人会に入会。七年、ナルプ(プロレタリア作家同盟)に参加。病苦と貧困、あいつぐ弾圧と勾留にもめげず、創作に邁進。九年、「詩精神」創刊同人。十年、五月、第一詩集『小熊秀雄詩集』を上梓。

私は、いま幸福なのだ/舌が廻るといふことが!/沈黙が卑屈の一種だといふことを/私は、よつく知つてゐるし、/沈黙が、何の意見を/表明したことにも/ならない事も知つているから——。/私はしやべる、/若い詩人よ、君もしやべり捲くれ、　　　　　　　　　　　　　　　　　　「しゃべり捲くれ」

泣くな、／驚ろくな、／わが馬よ。／私は蹄鉄屋。／私はお前の蹄《ひづめ》から／生々しい
煙をたてる、　　　　　　　　　　　　　　　　　　　　「蹄鉄屋の歌」

なんとも野太い声のこの真率な歌はどうだ。いやかつてこの国にこのような詩があったろうか。まったくもって小熊流の大見得、名調子、目白押しというところ。

翌六月、矢継ぎ早、詩集『飛ぶ橇』を刊行。長編詩七篇を収録する。なかでも表題作は「アイヌ民族の為めに」と献辞する、自然に生きるアイヌと侵略者シャモ（和人）を対比して描く圧巻の仕立てである。

——シャモ、兎に／　馬鹿にされてるて、アハハ／とアイヌは腹を抱へて笑ってゐる、

小熊は、多弁、多産だ。さらに「生涯に身の丈ほどの詩集を積み重ねたい」との意気込みで、日本語では不可能とされてきた叙事詩に精力的に取り組む。たとえば日本の植民地時代の朝鮮・韓国民衆の辛酸を歌う「長長《じゃんじゃん》秋夜《ちゅうや》」である。

朝鮮よ、泣くな、／老婆《ロッパ》よ泣くな、／処女《チョニョ》よ泣くな、／洗濯台《パンチデリ》に笑はれるぞ、

熱いこの呼びかけ。それにつけても日本ではみないその剛胆の呼吸づかいをいかに獲得したものだろう。ついては長編詩「諷刺大学生」にこうある。

第一に――、批判精神、／第二に――、諷刺性、／第三に、――、物質的表現、／この三つの呪文が風の間を／飛びまはるやうにならなくては／日本の平民の生活が楽しくならない、

なるほど「この三つの呪文」を詩の信条《クレド》としたと。うちでも眼目は第三番目の「物質的表現」の一項であろう。いまここで詳しくはしない。しかしこれこそまさに凡百の「抽象観念的」のプロレタリア詩人群と小熊をわけるものなのだ。そしてそれあってこそ彼の歌詩は読む者を深く揺さぶりつづけるのである。

死ぬほどに苦しんだ君よ、／マヤコオフスキイよ、／……／私は君のやうな自殺はできない／……／よし、たとひその生が／死よりも惨めなものであつても――。

「マヤコオフスキイの舌にかはつて」

あえていえば小熊はそうである。「マヤコオフスキイの舌にかはつて」訴えんとした詩人ではないだろうか。それもぜったい自殺などしはしない。

貧乏とたたかひ、／詩を書いて——自殺を思ひとどまる、

「きのふは嵐けふは青天」

十一年、代表作の一つ「馬車の出発の歌」（「詩人」八月）を発表。また「文壇諷刺詩」を読売新聞に連載し好評を得る。ぽつぽつと詩文の依頼もくるのだ。だがそれも束の間のにぎわい。どんどん時代は戦争に傾斜してゆく。文学雑誌の廃刊相継ぎ、発表誌が縮まり、稿料が入らず、電灯も止められる。ロウソクの灯をたよりに書きつづける。

「気取屋の詩人に」

君等はいゝ星の下に生れ／いゝ身分で詩を書いてゐる／……／僕を饒舌遊戯／乱作詩人だと罵つた／もつとも僕は食事中でも詩を書く

しかしながらやはり苦しく堪えがたかったのだ。飢餓線上すれすれの極貧生活がつづいた。

「（家賃が払えない、すると家主が）引越料を出すから余所へ行ってくれと言いました。私共は、たいてい五ヶ月目位に引越料をもらっては、豊島区長崎町の界隈を、転々と住所を替えておりました」（「秀雄のこと」）

十三年、喀血。ときにこんな戯れ詩ひとつふたつ。

大馬鹿者が病気となれば／一日中寝台に寝てゐる／手萎ひ、足萎ひ　「病気」

夢去りぬ――、俺は蚊の鳴くやうな／小さな声で人々にむかつて呟やいた。　「泥酔歌」

だがどうしても生きるかぎりは喰わねばならぬ。病苦を押して雑誌に日本画家論を連載「血痰を吐きながら東京、京都間を往復」する。さらにまた糊口のために仕事をしている。それは旭太郎の筆名で書いた『火星探険』（昭一五）という漫画の原作である。主人公の健太郎少年が、お父さんの望遠鏡で火星を見せてもらい、夢の中で火星探険に乗り出す……（この名作は後代の漫画少年、手塚治虫や松本零士を魅了した）。

するうちにその刻はこようとしている。重い病の床で病人は少年の日を思い出す。

ふるさとでの少年時代は／一日中、草の葉のゆれるのをみて暮した、／人間はなんにも語つてくれなかつた／波が終日私にさゝやいた／淋しい生活をくつた／私がこんなに多弁な理由がわかるだらう／愛にも飢えてゐたから／いや愛するといふ方法を知らなかつた

「私の楽器の調子は」

十五年、「十月十日頃から、一人で便所に立つこともできないほど衰えをみせ、床につく」（全集「年譜」）。そこで前掲の遺稿である。この夜も激しく咳き込んだ。眠ろうに眠るもならず、父親は熟睡する母子を、見るとなく見やっている。夜はというと、病みおとろえた、私がごとき「大人の生命をひとつひとつ綴ぢてゆく／黒い鋲のやうなものだが」。ひるがえって子供のまあ元気なことやら。いやこれこそ「希望」そのものでは。「――夜は。ほんとうに子供の／ 若い生命のために残されてゐる、と。」

十一月二十日、豊島区千早町、東荘アパートの自室にて、「しゃべり捲くれ」と吠えつづけ、抵抗詩人絶命。享年三十九。

＊

『新版・小熊秀雄全集　五巻』（創樹社　平成三年）

11

金子みすゞ

人はお墓へ　はいります

「繭《まゆ》と墓《はか》」

蚕《かひこ》は繭《まゆ》に
はいります、
きうくつそうな
あの繭《まゆ》に。

けれど蚕《かひこ》は
うれしかろ、
蝶々《てふてふ》になって
飛《と》べるのよ。

人《ひと》はお墓《はか》へ
はいります、
暗《くら》いさみしい
あの墓《はか》へ。

そしていい子《こ》は
翅《はね》が生《は》え、
天使《てんし》になって
飛《と》べるのよ。

＊

散ったお花のたましひは、／み仏さまの花ぞのに、／ひとつ残らずうまれるの。
「花のたましひ」

金子みすゞの人気はいまや絶大である。テレビドラマ、漫画、映画、ステージなどなど。みすゞを愛するファンはたいへんな数にのぼる。うちの多くが熱烈なる信仰にも近い読者という。さらにはその大半が、もちろん数少なくなく男性もいようが、女性であるらしい。

いまなぜその詩がそれほど女性を中心にしてひろく求められるのか？　けっして大袈裟ではない。童謡なんぞははなから、女子供の愛玩物と、見下げるべきでない。そこには旧い日本の愚かしい、封建的な男本位の家制度、それに呻く人間の訴えがある。

みすゞの訴えは優しい、いやそうじつに、もう優しく易しいのだ。そしてそれこそが、その詩と死がつよく心を捉える、ゆえんであろうか。

みすゞはいかにして、みすゞになったろうか。とまれ年譜に沿ってみる。

明治三十六（一九〇三）年、四月十一日、山口県大津郡仙崎村（現、長門市仙崎）に父庄之助、母ミチの長女として生まれる。本名テル。二歳年上に兄堅助がいて、二歳年下に弟正祐がいた。家業はこの地方の文化の出先となる書店、金子文英堂。三歳、父の死に遭う。大黒柱を喪うのだ、家族はその結果として、離散化を免れない。そこでもっとも弱い部分を切り捨てて、延命を計る策をとる。めずらしくない、つまるところ家を守らんがために、よくあることだ。

四十年、弟の正祐が養子に出される。養子先は下関で近縁の子無き同業の上山文英堂だ。家を守らんがため、子を貰いうける。ここにもうその不幸が胚胎しているのである。

大正三年三月、兄堅助は尋常小学校卒業をもって、商家の跡継ぎは長男、というので上の学校へ行かず家業を継いでいる。ここにも主なき家の影がみえよう。

五年四月、郡立大津高等女学校（現、山口県立大津緑洋高等学校）に入学。みすゞはことのほか利発で学業も優秀な本好きの少女であったそうな。ついては女手ひとつで二人の子を育てる母ミチの人知れぬ苦労があった。いうところの後家のふんばりが。ところでここにきて複雑なことになっている。

八年夏、ミチが先妻を亡くした上山松蔵と再婚する。これもまた家を守らんがための策の一つだろうが。いやなんともわが子のその養子先に後妻として入っているのだ。

九年三月、女学校を卒業。以来、兄に従い店を手伝う。この兄妹が大の仲良しで、二人はよく文学や音楽について意見を交わし合った。この頃そこにもう一人メンバーが加わる。弟正祐である。これからほぼ三年間、しばしば弟が顔を見せ、三人の楽しい文芸サロンがつづく。ことに姉弟双方がその方面に才を見せたので音楽談義に花が咲いた。

折しも大正童謡運動が興っている。その中心的存在は、北原白秋、西條八十、野口雨情など。みすゞは女学校時代から新しい童謡に心惹かれた。いつか正祐はみすゞの求めで白秋の「片恋」を作曲している。そのうちこんどは正祐がみすゞに作詩をすすめるのだ。そのように三人の笑いがはじける、サロンもやがて店終いのときがくる。

十一年、兄が結婚。このちみすゞは上山家に移り住むことになる。これによりその家族構成はより複雑錯綜をきわめるのだ。

十二年、この頃からみすゞのペンネームで童謡を書き、西條八十選の「童話」に投稿を始める。九月号に「お魚《さかな》」「打出の小槌」が載る。また同月、「婦人倶楽部」「婦人画報」「金の星」の三誌にも投稿して、なんと全部に採用された。

海《うみ》の魚《さかな》はかはいさう。

お米《こめ》は人《ひと》につくられる、／牛《うし》は牧場《まきば》で飼《か》はれてる、／鯉《こい》もお池《いけ》で麩《ふ》を貰《もら》う。

けれども海《うみ》のお魚《さかな》は、／なんにも世話《せわ》にならないし、／いたづら一《ひと》つしないのに／かうして私《わたし》に食《た》べられる。

ほんとに魚《さかな》はかわいそう。

「お魚《さかな》」

このときの八十の選評が素晴らしくある。

「……どこかふつくりした温かい情味が謡全体を包んでゐる。この感じはちやうどあの英国のクリスティナ・ロゼッティ女史のそれと同じだ。閨秀の童謡詩人が皆無の今日、この調子で努力して頂きたいとおもふ」

以降、同誌の童謡欄を毎号数篇も飾り、ここに童謡詩人金子みすゞ誕生をみる。いっぽう正祐の作曲「てんと虫」が「赤い鳥」（大正十三年四月）に推奨され、ひそかに将来の作曲家を夢見るのだ。みすゞは店の手伝いのかたわら童謡を書きつづける。

浜辺は美しい。埠頭は忙しい。ほんとにまわりに童謡の素材にことかかない。花、鳥、虫、日、月、星、風……。いっぱいごろごろある。仙崎は江戸時代に日本でも有数の捕鯨基地として栄えた、焼き玉エンジンの音がする漁師町である。この「お魚《さかな》」もだが、みすゞには海の詩が多くみえる。たとえば「大漁」（「童話」大正十三年三月号）である。

朝焼《あさやけ》小焼《こやけ》だ、／大漁《たいれふ》だ、／大羽鰮《おおばいわし》の／大漁《たいれふ》だ。

浜《はま》は祭《まつ》りの／やうだけど／海《うみ》のなかでは／何万《なんまん》の／鰮《いわし》のとむらひ／するだらう。

海は暮らしを支える漁の場。みすゞは海を歌うとき、しぜんに捕られ食べられる、いっぴきの魚の身になる。いっぽうその上に広がるずっと、遠い水平線の向こう、はてしない空は夢のキャンバス。みすゞはこんな想いを描いてあかない。

なんにもない空／青い空、／波のない日の／海のやう。
あのまん中へ／とび込んで、／ずんずん泳いで／ゆきたいな。／ひとすぢ立てる／白い泡《あわ》、／そのまま雲に／なるだらう。

「青い空」

私《わたし》はいつか出《で》てみたい、／ひろいひろいお空《そら》の下《した》へ。
町《まち》でみるのは長《なが》い空《そら》、／天《あま》の川《かは》さへ屋根《やね》から屋根《やね》へ。
いつか一度《ど》は出《で》てみたい、／その川下《かはしも》の川下《かはしも》の、／海《うみ》へ出《で》てゆくところまで、／みんな一目《ひとめ》にみえる所《とこ》へ。

「ひろいお空《そら》」

「あのまん中へ／とび込んで、」と。「みんな一目にみえる所へ。」と。そのように憧れを歌うばかり。みすゞはというと「いつか一度は出てみたい、」としたこの地を出るべくもなかった。すべもなく家にいることが、ことわりである、かのように縛られたまま。ついに一度たりとも。

そこにいつか問題が不可避的に惹起しているのだ。なんという。あってもおかしくないが、正祐がみすゞに恋心を、おぼえたというのだ。周囲が固く伏せたものだから、正祐は何も知らないままできた。ところがいつかそれが明らかになるときがくる。

十四年五月、正祐に徴兵検査の通知あり。養子の事実を知る。しかしこれでことのすべてが詳らかになったわけではない。このときいまだ正祐にはみすゞは従姉のままなのである。それがじつの血を分けた姉とわかったら、なおのこと弟を悩ませ苦しませよう。みすゞの懊悩はやまない。いっぽう家のほうではこんなふうに案じたのだ。

――ひょっとして二人に何か間違いがあったら?

そこで周囲はひそかに二人を引き裂くように画策する。みすゞを結婚させよう。本人の意思などあってない、ここでも家の主がぜったい、養父の一存がすべてである。いろいろな含みがあった、そこらの詳しくはおく。みすゞの相手とされたのは店員の宮本啓喜である。むろん正祐は涙で反対した。そもそも当の本人が結婚を望んでいない。宮本は使用人の間でも評判の悪い、人格的にも尊敬の出来る相手ではない。しかし家のため、むげに断れない。そしてなによりも弟に自分を諦めさせるためにも。こんな一篇「林檎畑」がある。

七つの星のそのしたの、／誰も知らない雪国に、／林檎ばたけがありました。

垣もむすばず、人もゐず、／なかの古樹《ふるき》の大枝に、／鐘がかかつてゐるばかり。

ひとつ林檎をもいだ子は、／ひとつお鐘をならします。

ひとつお鐘がひびくとき、／ひとつお花がひらきます。

七つの星のしたを行く、／馬橇《ばそり》の上の旅びとは、／とほいお鐘をききました。

とほいその音をきくときに、／凍《こほ》つたこころはとけました、／みんな泪《なみだ》になりました。

いまこの詩をこう読むのは誤りだろうか。「誰も知らない雪国」の林檎畑に一人いて林檎をもぐのは姉。「馬橇の上の旅びと」は弟。「林檎」は二人の甘美な記憶。「花」は詩。「鐘」は姉から弟にする報せ。「とほいその音をきくときに、／凍つたこころはとけました、／みんな泪になりました。」

十五年二月、宮本と結婚。しばらくして女児をもうける。しかし夫婦の仲も生活も荒みきる。夫は家庭を顧みず、遊郭通いに明け暮れ、みすゞは夫の放蕩によってもたらされた淋病に苦しむしまつ。それにとどまらない。そのうちこのダメ夫は妻の詩作を禁じるばかりか、投稿仲間との文通さえも御法度とした。

二人の間に離婚話が持ち上がる。みすゞは娘を手元に引き取り、自分で育てると訴えつづけた。しかし夫は娘を渡すように言い張って譲らない。ほんとにひどすぎるのである。詩は書けない、手紙も不可、子は取られる。そのときのときがもうきている。

海も暗い。みすゞははっきりと心を決めて掛かっているのである。空も暗い。

そこでここに掲げる「繭《まゆ》と墓《はか》」を読むとどうだろう。ちょっと言うべきことが見つからない。ついては師西條八十の言葉をかりる。この一篇を引いて八十は悼む。

「おそらく絶唱といっていい。この謡の気持で彼女はあの暗い墓穴に急いだのであったろう」（「下ノ関の一夜」）

いまここでこのように言っても大きくは誤ってはいないだろう。つまるところ、みすゞは家なるものに殺された、ちがいないと。

昭和五年三月十日、カルモチンを仰いで自殺。享年二十六。

いまごろこの「いい子は／翅が生え、／天使になって」いずこの空を飛んでいよう。

＊

『金子みすゞ全集』全三巻（JULA出版局　昭和五十九年）

12

中原中也

さて小石の上に、
今しも一つの蝶がとまり、

「一つのメルヘン」

秋の夜《よ》は、はるかの彼方《かなた》に、
小石ばかりの、河原があつて、
それに陽は、さらさらと
さらさらと射してゐるのでありました。

陽といつても、まるで硅石《けいせき》か何かのやうで、
非常な個体の粉末のやうで、
さればこそ、さらさらと
かすかな音を立ててもゐるのでした。

さて小石の上に、今しも一つの蝶がとまり、
淡い、それでゐてくつきりとした
影を落としてゐるのでした。

やがてその蝶がみえなくなると、いつのまにか、
今迄流れてもゐなかつた川床に、水は
さらさらと、さらさらと流れてゐるのでありました……

*

中原中也。一番人気の青春詩人だ。おそらく文学好きの少年少女なら誰もが、これはもうハシカみたいなもので、まず一度は中也中毒に罹った経験があろう。むろん小生も例外でない。平成十九年は、中也の生誕百年、没後七十年。ちょっとした中也ブームであった。

中原中也と並ぶ名は宮沢賢治。こちらも患者というか信者がいっぱい。両名が並ぶと、

いつも思い出される、面白い詩がある。金子光晴の詩「偈」だ。

「人を感動させるやうな作品を／忘れてもつくつてはならない。／それは芸術家のすることではない。／少なくとも、すぐれた芸術家の。／……／死んだあとで掘出され騒がれる／恥だから、そんなヘマだけはするな」として、「中原中也とか、宮沢賢治とかいふ奴はかあいさうな奴の標本だ」と念を押す。

けだし名(迷?)言だろう。でどちらかと言うと当方は光晴翁の立場を取るほうである。だがそんなことは、まあ天の邪鬼の口ぐせ、どうでもよろしいと。

明治四十（一九〇七）年、四月二十九日、山口県吉敷《よしき》郡下宇《しもう》野《の》令《りよう》村（現、山口市湯田温泉）に軍医の父謙助と、母フクの長男として生まれる。

大正五年、八歳。一月、弟亜郎《あろう》（次男）病没。ときに亡弟を歌ったのが最初の作だとか。

これをみるにつけ、詩は死と隣り合い、あることがわかる。

ここではこの二項ぐらいで年譜はいいだろう。みなさんご存知だろうから。いっぱいある詩人伝説をみられたし。でなくて伝説元本人の「詩的履歴書」がいいか。

さて、はじめから中也の詩は死と密接に関わりあっていた。詩を覆う、死の影。それがとみに色濃くなるのは直接的にはいつの時点からだろう。そのように設問してみよう。

昭和六年、二十四歳。九月、四歳下の弟恰三《こうぞう》（三男）が急死する。死因は外傷性肋膜炎。享年二十。おそらくはこのときの衝撃にはじまっていよう。恰三の死の直後、中也は追悼詩「(ポロリ、ポロリと死んでゆく)」「疲れやつれた美しい顔」「死別の翌日」と書き継ぐ。亡き弟をまえに、兄は思いいたす。

風が吹く／あの世も風は吹いてるか？／熱にほてつたその頬《ほお》に、風をうけ、／正直無比な目で以《もっ》て／おまへは私に話たがつてるのかも知れない……

「(ポロリ、ポロリと死んでゆく)」

死者の「正直無比な目」。このとき中也はそれに射竦められた。そして跪くのだ。「(あの世からでも、俺から奪へるものでもあつたら奪つてくれ)」と。ここでこの死者の目に関わってみれば、以前の作にもつぎのような詩行が少なくなくある。

枝々の　拱《く》みあはすあたりかなしげの
空は死児等《しじら》の亡霊にみち　まばたきぬ

「含羞」

これはいうならば幻視のたぐいとされよう。それが死者の目の所在をおぼえることから、やがて死者の目で此岸をみわたすほうへ。おそらくこのときが転回となったとおぼしい。

——冥界。これより彼にはそこが遠くもなく感じられる。ときとすると生と死の境がなくなるよう、しばしば中也は此岸彼岸を往還もすると。そんなふうに言うとおかしいか。

いま一つ挙げよう。八年八月、三回忌に際し恰三を偲ぶ一篇にある。兄は弟を呼び入れる。

それから彼の永眠してゐる、墓場のことなぞ目に浮ぶ……

…………

それは中国のとある田舎《ゐなか》の、水無川河原《みづなしがはら》といふ／雨の日のほか水のない／伝説付の川のほとり、
「蝉」

「水無川河原」とは、郷里は中原家の墓地の近くを流れる吉敷川。砂礫の多い河原の地下を水が伏流する「伝説付の川」。ここにいたれば、もうあの「骨」の景がそれと、のぞまれよう。

ホラホラ、これが僕の骨だ、／生きてゐた時の苦労にみちた／あのけがらはしい肉を破つて、／しらじらと雨に洗はれ、／ヌックと出た、骨の尖《さき》。

…………

ホラホラ、これが僕の骨――／見てゐるのは僕？　可笑しなことだ。／霊魂はあとに残つて、／また骨の処にやつて来て、／見てゐるのかしら？

自分が死んで「霊魂」になって、自分の「骨」を正視している。それはだが、どこでどんなふうに「見てゐるのかしら？」というとどうだろう、ここがそう。吉敷川。

故郷《ふるさと》の小川のへりに、／半ばは枯れた草に立つて、／見てゐるのは、――僕？／恰《ちやう》度《ど》立札ほどの高さに、／骨はしらじらととんがつてゐる。

ところでこの「ホラホラ、これが僕の骨」のリフレーン。わたしだけの感じかただろうか。これがどうしてだろう「ホラホラ、これが僕の詩」ときこえてならないのだ。とはさてこの「骨」は発表（「紀元」昭和九年六月）されているが、じつはこの年が中也にとって節目に当たるのである。

九年、二十七歳。十月、長男文也が生まれる（前年十二月、遠戚の上野孝子と結婚した）。十二月、難産に難産を重ねた第一詩集『山羊の歌』を文圃堂より刊行。こうして子供と詩集の誕生をみたこと。このときばかりは苦労の多い中也の生涯で祝福に満ちたことだろう。こんな微笑ましい親バカの中也がいる。

雨に、風に、嵐にあてず／育てばや、めぐしき吾子《あこ》よ、／育てばや、めぐしき吾子よ、／育てばや、めぐしき吾子よ、／育てばや、あゝいかにせん　「吾子《あこ》よ吾子《あこ》」

十年五月、草野心平、逸見猶吉、高橋新吉らとともに「歴程」を創刊。十二月、「四季」に参加。この間、ようやく一部にその詩が認められ多くの作品を書きつづける。

十一年、「含羞」「曇天」「頑是ない歌」など代表作とされる詩をつぎつぎと発表して、詩人としての評価は高まる。いっぽう心身の疲れは極度に達している。そしてときに突然の不幸に見舞われるのである。

十一月十日、文也、小児結核で急逝！「めぐしき吾子」が死んだのだ。このときの衝撃から精神に不調をきたす。十二月、次男愛雅が生まれるが、悲しみは静まらない。神経衰弱が昂じる。

十二年一月〜二月、千葉市の中村古峡療養所に入院。退院後、鎌倉の寿福寺境内に転居。五月、「春日狂想」を発表。

愛するものが死んだ時には、／自殺しなけあなりません。

愛するものが死んだ時には、／それより他に、方法がない。

けれどもそれでも、業《ごふ》（?）が深くて、／なほもながらふことともなつたら、

奉仕の気持に、なることなんです。／奉仕の気持に、なることなんです。

愛するものは、死んだのですから、／たしかにそれは、死んだのですから、

もはやどうにも、ならぬのですから、／そのもののために、そのもののために、

奉仕の気持に、ならなけあならない。／奉仕の気持に、ならなけあならない。

「愛するものが死んだ時には、」。まず「自殺」する。そう、つまり殉死すべき、だと。それがかなわなければ「奉仕の気持」をもってするしかない。文也を亡くした悲しみのはて、「狂想」の至りついた信なるところ。そこにはその衝撃ゆえの混乱がみられるが、じつになんと率直なる吐露であることか。

七月、この頃、帰郷の意志を友人らに告げる。病み衰弱した身体を癒せば、また新しい詩が書ける。ときにこう言ったそうな。

「再上京するとしたら、十年後くらいだろう」

九月下旬、前月より編集・清書していた二冊目の詩集『在りし日の歌』の原稿を小林秀雄に託する。このときに中也は予想していない。だがここからもうその刻までほとんどなかった。

十月五日、結核性脳膜炎を発病。六日、鎌倉養生院に入院。というところで前掲作をみることにする。

「一つのメルヘン」の発表は、「文芸汎論」（昭和十二年十一月）である。いまその発行日から逆算してもこれは文也の追悼詩ではない。だけどわたしの感じはちがうのだ。ほんとどう言おうか、これが文也のさらにはまた中也じしんを哀悼しただろう詩篇である、としか思えないのだ。これこそ死者の目をもってなった予兆の作であると。

それはさて。小林秀雄はこれを中也の「最も美しい遺品」（「中原中也の思ひ出」）と呼び、大岡昇平は「一つの異教的な天地創造の神話」（『在りし日の歌』）と言う。なるほど、ここには中也の天才のそれこそ十全の開花がみられる、のである。

舞台は吉敷川、やはりそこ、水無川の河原。いましも今生の別れをする、冥界の渡し、賽の河原。

まずは視覚から。じつはこの舞台があるべき河原よりずっと「はるかの彼方に」しりぞかされ遠望されていること。さらに「秋の夜」にもかかわらず、夜が昼に転じ、ときに「陽」が射すといううぐあい。しかもその「陽」の異なること、「まるで硅石か何かのやうで」それもまた「非常な個体の粉末のやうで」というようす。

つぎに聴覚だが。これはもう「さらさらと」いうオノマトペにつきよう。しかもそれを「陽」と「水」と同じくすることで、あわさって此の世のものならぬ音を響かせるしくみ。これだけでも冥界への招待にじゅうぶん。だがそれではまだ欠けるものがあるか。ついては中也はこれをもって点睛とする。

「蝶」。蝶とは、妖しい。あまりにも妖しすぎよう。あるいはひょっとして中也はこんなふうに幻視したのではなかろうか。あれはそう、亡くなった人の魂が蝶の形になって飛んでいる、のだろうと。

「さて小石の上に、今しも一つの蝶がとまり、」いっとき淡くもくきやかな「影を落として」、しばらく「その蝶がみえなくなると」なんとも、そんな死んだ川が生き返るのだ。「今迄流れてもゐなかつた河床に、水は／さらさらと、さらさらと流れてゐるのでありました……」

いまこのように読解をほどこしてみた。ところでこのとき危篤の中也の瞼にはどういうか、そんなことはありえないだろうが、ひょっとしてこの河原の光景が浮かんでいたのではないか。

そのさきを文也の小さな後背が行ってしばし、いましも冥界へ赴こう青白い背……。

十月二十二日、中也死去。享年三十。

＊

『在りし日の歌』（創元社　昭和十三年）

『新編中原中也全集』全五巻、別巻一（角川書店　平成十二～十六年）

13

立原道造

吼えるやうな　羽搏きは

「何処へ？」

深夜　もう眠れない
寝床のなかに　私は聞く
大きな鳥が　飛び立つのを
——どこへ？……

吼えるやうな　羽搏きは
私の心のへりを　縫ひながら
真暗に凍つた　大気に
ジグザクな罅をいらす

優しい夕ぐれとする対話を
鳥は　夙《とう》に拒んでしまつた――
夜は眼が見えないといふのに

星すらが　すでに光らない深い淵を
鳥は旅立つ――（耳をそばだてた私の魂は
答のない問ひだ）――どこへ？

＊

立原道造。はじめに断っておく。この人に向かうのは気が進まない。どうにもなんとも好きになれないというか、ピンとこなくて、ほとんどまったく読んでこなかったから。ついでにあえて言うならば、わたしはその初めからこの人のような詩はぜったいに書くまいと、はっきりと心してきたからだ。なぜそのように頑迷にしてきたか、それをじしんに説明するためにも、ここにあらためてその詩を読んで、稿の主題に沿い、その死に思いめぐらすことにする。

立原道造は教科書の抒情詩人だ。その作品はわたしたちの青春感傷期にかなりひろく愛読された。しかしいまの少年少女は完全忘却であるときく。スマホの時代に抒情とはいかん？

大正三（一九一四）年、七月三十日、東京日本橋の商家に生まれる。昭和二年、府立第三中学校（現、都立両国高校）に入学。先輩に当たる芥川龍之介以来の秀才と謳われる。しかし体躯は最低だった。「徴兵検査で彼は丁種不合格兵役免除であった。これは《不具廢疾》の者のみが与えられる特権であって、大概、丁種を宣告せられた若者は間もなく死んだ」（中村真一郎「芥川・堀・立原の文学と生」）

六年、第一高等学校理科甲類に入学。初め短歌や小説を発表し、翌年には詩作も始め、堀辰雄を知り兄事する。

九年、二十歳。大きな変わり目を迎える。東京帝国大学工学部建築科に入学。五月、堀辰雄の月刊「四季」創刊に参加。夏、信濃追分の油屋等に滞在。以来、毎夏を追分で過ごす。またこの頃初めてソネット（十四行詩）「雲の祭日」を試作。十二月、「四季」第二号に組詩「村ぐらし」「詩は」を発表し、詩壇にデビュー。

避暑地の風や花とそこで出会う少女たちとの淡く清い恋模様。それがこれより詩作の重要なテーマになる。関鮎子、横田ケイ子、今井春枝……。道造ファンならその名前と面影をとどめた哀切な幾篇かのサワリを暗唱していよう。たとえばこんなにも甘すぎ美しすぎるフレーズを。

夢はいつもかへつて行つた　山の麓のさびしい村に／水引草に風が立ち／草ひばりのうたひやまない／しづまりかへつた午さがりの林道を

「のちのおもひに」

詩人として幸運に出発した彼は、学業でも抜群の成績を残す。十年、課題設計「小住宅」により辰野金吾賞を受賞。以後卒業まで、三年連続して同賞に輝く。十二年、卒業設計「浅間山麓に位する芸術家コロニイの建築群」を提出する。それはどんな楼閣なのやら。このような言葉がみえる。

「優れた芸術家が集つて　そこにひとつのコロニイを作り、この世の凡てのわづらひから高く遠く生活する」「この計画は　従つて　すべての現実の絆を蔑視し去るであらう」

これはそのまま道造の詩論とみなしていい。人工の極致たる真性の抒情（ここでは仔細はおくが、それこそ当方などがかつて唾棄すべきとした詩法であった）。

東大卒業後、石本建築事務所に入社し、建築家として将来を嘱望される。この間、第一詩集『萱草に寄す』、第二詩集『暁と夕の詩』を出版する。しかし病弱である。十月、肋膜炎発病。十三年四月、この頃より同じ事務所のタイピスト水戸部アサイを愛するようになる。アサイは入社したばかりの新顔であった。病状は思わしくない、道造は恋にのめりこむ。六月、アサイを同道して軽井沢行き。八月、再び二人で軽井沢へ。九月、アサイとの愛の賛歌、詩集『優しき歌』を編纂。

このとき道造は突然理解不能な行動にでる。愛する人がいる。しかも重患である。あしたの命も危ぶまれる。それなのに周囲の反対を押し切り病躯を押して北と南への長駆の無謀な旅にでるのだ。

「生の季節、そして僕のゲニウス。移りゆくままに、僕の営みのもつともよき営みであらしめよ。僕の遠征、そして放浪」（ノート「火山灰」）

ままよ永らえられない命である。いつかみた夢を実行に移そうという。この挙や良しだ！

九月十五日から東北各地を訪ね、盛岡に約一ヶ月の間滞在、十月二十日帰京。いったいこの北への旅は何の誘いだったのか。旅の直前に発表した作品にこんな謎めく言葉がみえるが。

出て行かう。——どこへ？／僕たちの美しい世界。　「物語　VI」

そして帰京して一ヶ月、南への旅である。

十一月二十四日、東京を発って、奈良、京都、松江、下関、博多、柳川を経て、十二月四日、長崎に到着。当地で大喀血、十四日帰京。ついてはまたこの南への旅は何を求めてのものだったか。

自殺行？　ともあれ前掲の一篇をみよう。この詩稿は「コギト」の芳賀檀への献辞が付されて雑誌「新日本」（昭十三・三）に発表された。そして長崎行の途中、京都に芳賀を訪ねた折、これを銀色の紙に包んで贈ったと。しかしなんと暗い詩ではないか、ぜんたいに道造らしくない、なにかもう胸が塞がれるような。このときすでに道造はみずからの詩とまた生のゆくすえを見通していたのでは。ここにいう「優しい夕ぐれとする対話」それこそ道造の詩であろう。それがいまや拒まれてあると。末期の自分に、軍歌の時代に。

「これがおそらく道造のぎりぎりの生をうたった白鳥の歌であるのだろう。深夜に飛びたつ一羽の大きな鳥と、耳をそばだてて『どこへ？』という答のない問いを繰り返す詩人の魂とは、同じひとつの存在から遊離するふたつの生霊であるにちがいない」（宇佐見斉『立原道造』）

「生霊」の道造。もうこのあと残された時はどれほどか。すでにはっきりと自覚していたにちがいない。帰京後入院、アサイの献身的看護で小康を保つ。

十四年一月、回復は絶望との宣告あり。もはやすぐ近くにそのときの刻はきている。

見舞いを受けた友に病人は答える。

「五月の風をゼリーにして持って来て下さい」

三月二十九日、永眠。享年二十四。

*

『立原道造全集』（筑摩書房　平成十八～二十二年）

14

森川義信

死んだおまへの姿を

「あるるかんの死」

眠れ　やはらかに青む化粧鏡のまへで
もはやおまへのために鼓動する音はなく
あの帽子の尖塔もしぼみ
煌めく七色の床は消えた
哀しく魂の溶けてゆくなかでは
とび歩く軽い足どりも
不意に身をひるがへすこともあるまい
にじんだ頬紅のほとりから血のいろが失せて
疲れのやうに羞んだまま
おまへは何も語らない

あるるかんよ
空しい喝采を想ひださぬがいい
いつまでも耳や肩にのこるものが
あつただらうか
眠るがいい
やはらかに青む化粧鏡のなかに
死んだおまへの姿を
誰かがぢつと見てゐるだらう

*

戦争は若い命を、非道に多く奪う。今次大戦において、戦火を交える異土に散った若者の数は、幾十万柱になるか。

森川義信。戦後詩を繙いたものは知っている。この名前が固有性をはなれて、イニシャル「M」で語りつがれてきた、ある象徴的な存在であると。しかし詩に縁のない向きも少なくない。いやむしろ多いだろう。そこでまず年譜に沿い手短にふれたい。

大正七（一九一八）年、十月十一日、香川県三富郡粟井村（現、観音寺市粟井町）に医者の家に生まれる。きくところ幼時より極端な口下手で人見知りだったとか。三富中学時代から詩を書き始め、当時の文学愛好少年の進むコースで投稿雑誌の常連になる。

昭和十二年、十九歳、上京。早稲田第二高等学院に入学。以降、詩誌「LUNA」（のちにLE BAL）、「荒地」に拠る同世代の詩人たち、鮎川信夫、田村隆一、北村太郎、中桐雅夫ほか、のちに戦後詩を担う才能らと交流する。なかでも鮎川である。

森川義信と、鮎川信夫と。二人はまさに出会うべくして出会っている。鮎川は二歳下、早稲田第一学院の学生、早くから投稿雑誌に載る森川の詩の愛読者だった。

花の咲かない樹があつた／樹の下には小鳥の死んでゐる鳥籠が／鳥籠の揺れる窓は
若い従姉たちの髪を歌のやうに洗つてゐたな
アメシストの鏡から水も流れてゐたな
葉ざくらの蔭が青い硝子の花になり

「季節」

／ひらく日もなく　硝子は曇つてゐた　　「冬」

ここではこの二篇にとどめるが、いまとなれば甘やかな叙情的モダニズム詩でしかない、それをこうも賛嘆するのである。「詩人としてのその天禀は疑うべくもなかった」（『森川義信詩集』解説）。根っからの読み巧者の掛け値なしの言である。そのとおり納めておこう。

十三年三月、ドイツ、オーストリア併合。四月、国家総動員法公布。十月、武漢三鎮占領。いよいよ軍靴の音が身近に迫っている。

友よ覚えてゐるだらうか／青いネクタイを軽く巻いた船乗りのやうに／さんざめく街をさまよふた夜の事を——　　「衢路」

「昭和十四年三月頃、早稲田構内での森川と鮎川」。とある写真のいかにも仲睦まじげな一枚（『失われた街』収載）。森川と鮎川と、そして仲間たちは、新宿を根城にしてしばしば会合を開く。きょうは「ＮＯＶＡ」、あすは「なるしす」、などという溜まり場にたむろして。いつか、否、いつも。そのときその場に特高の姿があったとは。佶屈した出口なき青春。つぎの森川の詩行は痛々しい。

もはや／美しいままに欺かれ／うつくしいままに奪はれてゐた／しかし最後の膝に
耐え／こみあげる背をふせ／はげしく若さをうちくだいて／未完の忘却のなかから
／なほ／何かを信じようとしてゐた

「衢にて」

時代は暗くなるいっぽう、未来は閉ざされるばかり。ほんとなんと辛い八方塞がり、いや絶望的な詩であることか。
十四年十月、その日、息せき切って森川は鮎川の宅を襲っている。「荒地」第四輯に載せる一編の詩を懐中にして。そう、それこそ詩「勾配」であった。

非望のきはみ／非望のいのち／はげしく一つのものに向つて／誰がこの階段をおりていつたか／時空をこえて屹立する地平をのぞんで／そこに立てば／かきむしるやうに悲風はつんざき／季節はすでに終りであつた／たかだかと欲望の精神に／はたして時は／噴水や花を象眼し／光彩の地平をもちあげたか／清純なものばかりを打ちくだいて／なにゆえにここまで来たのか／だがみよ／きびしく勾配に根をささへ／ふとした流れの凹みから雑草のかげから／いくつもの道ははじまつてゐるのだ

一読した鮎川は驚嘆した。「私は、目がくらむような思いがした。何度も繰り返して読んだが、感動の波は高まるばかりであった」。いったいこの十八行の詩に森川が込めたものとは？ 鮎川は書く。

「愛とは、心の傾斜にほかならぬと誰が言ったのか。その傾斜に立っているのは、自然を、人を、愛することにおいて過剰でありすぎた青年の姿であった。現実の傾斜、時代の傾斜は、遥かな地平とはげしく交叉し、青春の苦闘は空しく悲運のうちに終りを告げようとしていた。それでもなお、彼は、自然を、人を愛することをやめないのである」（同前）

聖戦に雪崩れてゆく非運の青春、その暗く屈した、内面を見事なまでに定着した絶唱。やがてひろくこの一篇は共生共苦の弱年詩人に共有されるものとなる。べつの鮎川の回想にある。

「『非望のきはみ／非望のいのち』という対句は、しばらく私たちの合言葉になったくらいである。個々の生き方がどうあれ、誰しも現実の傾斜、時代の傾斜を痛いほど感じていたから、『勾配』の傾斜のイメージは、私たちの位置を決定する座標軸のように感じられたものであった」（「詩的青春が遺したもの」）

同年十二月、鮎川に「勾配」を手渡して二ヶ月後、突然、森川は早稲田第二高等学院を退学、そのまま郷里に帰っている。いったい何があって？ そのことはもう誰にも（本人とて）何もわからない。この間、鮎川は森川の詩集の出版を申しで、森川から相応の出版費用を預かる。こんな手紙がある。

「僕は今、『愛の詩』を考へてゐます。これは三〇〇行以上からなる筈で詩集は恐らくこの一篇の詩のみから成る筈です」（中桐雅夫宛　昭和十五年三月二日）

それがあるいは陽の目を見ていたとしたら！　いったいどのような詩集となっていたものか？　だがしかしそんな願いすらも戦争はついに叶わなくするのだ。鮎川の『戦中手記』に載る森川の最後の音信。

「僕のことを思ひ出すことがあったら《ママ》『魔の山』の最後の頁を読んでくれたまへ。私の未来は起きてゐても倒れてゐても暗いのだ」

十六年二月、丸亀歩兵連隊に入隊、ビルマ戦線に派遣される。六月、南仏印進駐。十二月、ハワイ真珠湾攻撃、太平洋戦争始まる。というところで中仕切りをして、ひとまず前掲詩をみてみたい。

たとえば人はよく「詩と真実」などと言ったりする。それに倣おう。じつはこの「詩」の行間には、出征を近くにした、つまるところは、死へ赴くまえに、それと秘めた「真実」があるとか。

「死んだおまへの姿を／誰かがぢつと見てゐるだらう」

この「誰か」とは、いや誰だろう？　壮年期を過ぎた鮎川が森川との交友を綴った『失われた街』にある。相手は「ＬＵＮＡ」同人で二歳下の女子大生Ｔ。森川はＴに告白した、Tは森川を拒絶した。運命は悪戯だ！　これがなんともTは鮎川に気があったそうな。鮎川は書く。

「森川はTさんに真剣に恋をしたのであった。それを考えると、私は、絶望的になる」「やはり森川は、軍隊に入ると同時に死んでいたのだ、と私は思った。そして、自己を追悼するかのようにして書かれた最後の作品『あるるかんの死』を改めて想起し、ぎりぎりのところでおのれを道化と感じざるをえなかった彼の心情の哀れさに暗然とした」

　それは十七年初秋のいつか。生家に公報とはべつに一通の手紙がとどく。差出人は所属部隊の中隊長窪田某。以下のように文面にあった。

「（御令息は）常に率先して難事に従事され献身的努力を続けられゐましたが不幸病に罹られ八月十一日『ミイトキナ』第二野戦病院に細菌性赤痢の為入院され翌々日……」

　十七年八月十三日、森川義信、戦病死。享年二十四。鮎川が友の訃報に接したのは、東部第七部隊（近衛歩兵第四聯隊）に入営する一ヶ月ほど前だった。とどいた森川の遺言にあった。「一貫して変わらぬ好誼を感謝します。この気持は死後となっ《ママ》ても変らないだらうと思います」と。この「だらう」がいかにも森川らしくあるというか。いやもう胸を塞ぐのだ。入営後の十八年、鮎川はスマトラに従軍、翌年病気で内地送還。

　森川は死んだ、そしてMとして甦るのだ。戦後、二十二年、生き残った鮎川は詩「死んだ男」（「純粋詩」一月号）を発表する。

たとえば霧や／あらゆる階段の跫音のなかから、／遺言執行人が、ぼんやりと姿を現す。／——これがすべての始まりである

…………

空にむかって眼をあげ／きみはただ重たい靴の中に足をつっこんで静かに横たわったのだ。／「さよなら、太陽も海も信ずるに足りない」／Mよ、地下に眠るMよ、／きみの胸の傷口は今でもまだ痛むか。

われら「遺言執行人」たらん。まさにその思いをあらたに「すべての始まり」とした。じつにそれこそが戦に負けた国の詩のスタートだった。あとにつづく者みな思いいたすべし。

森川は死んだのだ、Mは詩を半ばに、異土に散ったのだ。わたしたちはその遺言をいまにいたるまで、じゅうぶんによく執行したといえようか。

「何も語らない／あるるかん」。遺影の森川義信の面差し、あの若き日の健さん、高倉健に瓜二つの美青年だ。

——以上。だがしかし待てよである。いやあやうく忘れるところだ。いやそうあの、「『魔の山』の最後の頁」その最後の段落、それはこうだ。

「ごきげんよう――君が生きているにしても、倒れているにしても！　君の行手《ゆくて》は暗く、君が巻きこまれた血なまぐさい乱舞はまだ何年もつづくだろうが、私たちは、君が無事で戻ることはおぼつかないのではないかと考えている。……。世界の死の乱舞のなかからも、まわりの雨まじりの夕空を焦《こ》がしている陰惨なヒステリックな焔のなかからも、いつか愛が誕生するだろうか？」（トーマス・マン作　関泰祐・望月市恵訳　岩波文庫）

＊

『増補森川義信詩集』（鮎川信夫編　国文社　平成三年）

III

昭和・戦後

15

原民喜

一輪の花の幻

「碑銘」

遠き日の石に刻み
　　　砂に影おち
崩れ墜つ　天地のまなか
一輪の花の幻

＊

饒舌な詩人。およそ言語矛盾である。そんなのはたぶん唯一例外として、そうあの小熊秀雄をのぞき、どいつも三文詩人にきまっている。詩人という人種は誰も程度はあれ寡黙である。言葉にならない言葉、声にならない声。おそらくそれこそが詩というものだからだ。たとえばその代表的存在としてさきにあげた大手拓次をみられよ。そこでわたしはその「極度の寡黙、孤独、内向の気質」「極端な人見知り」についてのべた。そしてその生き難さにふれた。だがしかしもっと繊細な精神があるものである。

原民喜。寡黙の極北、ほとんど失語に近くあった静謐の人。とても生きることが難かった彼がいかに生きかつ書いたか。そしていかに死にいたったか。まずは年譜に沿いたい。

明治三十八（一九〇五）年、十一月十五日、広島市幟町に陸海軍・官庁用達の縫製業を営む父原信吉、ムメ夫婦の五男に生まれる。十一歳のとき、父死去。以来、極端な無口となる。この頃、兄・守夫と手書き原稿を綴じた同人誌「ポギー」を発刊して詩作を始めた。また死の床にあった次姉ツルから聖書の話を聞き衝撃を受けた。翌年、ツル死去。この姉の思い出は、生涯に強い影響を及ぼす。民喜は「母親について」（昭二四）という一文でこの姉について書く。

「……姉の方は私にとつて、今でもやはり神秘な存在のやうにおもへる。二十二歳で死んだ若い姉の面影がほとんど絶えず遠方から私に作用してゐるやうだし、逆境や絶望のどん底に私が叩き落とされるとき、いつも叫びたくなるのはその人だ」

若い姉の死はさらに彼の口を重くする。なおいっそう死に隣る生をおぼえさせる。

大正十二年、広島高等師範学校付属中学校（現・広島大学附属高等学校）四年を修了、大学予科の受験資格が与えられたので一年間登校せず、ロシア文学、ヴェルレーヌの詩、宇野浩二、室生犀星を愛読する。在学五年間、クラスのほとんどが彼の声を聞いたことがなかったという。翌年、慶應義塾大学文学部予科に進学。辻潤、スティルネルに惹かれ、ダダイズムを経て、左翼運動へ関心を高めるが、次第に距離を置くにいたる。

昭和七年、慶應義塾大学英文科を卒業。卒論は「Wordsworth 論」。就職難の時代で、広島の知人の縁で、ダンス教習所に勤める。そこでどんな仕事をしたのやら。この頃、およそこの人らしくないことが起こっている。なんとも横浜は本牧のちゃぶ屋の女を身受けして同棲するのだ。なにがあってか？　おそらくひたすらなる善意からする人助けであったのであろう。それが一ヶ月後のこと、案の定というか女に逃げられて、カルモチン自殺を図っている。ところでこの一件について本人はまったく一切ふれてない。だがこの女の変心、それがいかに寡黙の人に衝撃であったかは、想像に難くない。いよいよもって民喜は深くうちへうちへと屈し自閉するようになる。

ひょっとしてまた同じようなことがある？　ひとりにしておいたら危ないのではない

か？

翌八年、まわりに薦める人があって、同郷の永井貞恵（評論家佐々木基一の姉）と見合い結婚。じつにこの貞恵がまたとない天から賜ったような女性であった。極端な内気で対人恐怖症の民喜を庇護する大母神的存在。

「『あなたが人と話してゐるのは、いかにも苦しさうです。何か云ひ難さうで云へないのが傍で見てゐても辛いの』と、以前妻はよく彼のことをかう評したものだ。そして、人と逢ふ時には大概、妻が傍から彼のかはりに喋つてゐた」（「遥かな旅」）

この母親と幼児との関係。みられるように妻を仲立ちにしてなされる周囲とのおずおずとした接触と恐れ、そしてまた妻に打ち明け話をするように書きつがれる幼い日の想い出のかずかず。ここにはじめて彼は安息をおぼえること、ひそやかな小品を紡ぎつづけるのだ。

旺盛な創作は、しかしながらそれは錯覚でなければ永遠にはつづくものでない、幸福な日々は。

十四年、妻が結核を発病。なんとも酷いことに。ときにこの病気は死病だったのだ。病床の気丈な妻と、看病の気弱な夫と。いっけん幸せな光景のうちにも、ひそかに病は進行している。そしてやがてそのときが近くまでせまってきている。

「妻は死のことを夢みるやうに語ることがあつた。若い妻の顔を眺めてゐると、ふと間もなく彼女に死なれてしまふのではないかといふ気がした。もし妻と死別れたら、一年間だけ生き残らう、悲しい美しい一冊の詩集を書き残すために……」（同前）

十九年九月、五年来の肺結核と糖尿病の闘病のはて、貞恵死去。

「嘗て私は死と夢の念想にとらはれ幻想風な作品や幼年時代の追憶を描いてゐた。その頃私の書くものは殆ど誰からも顧みられなかつたのだが、ただ一人、その貧しい作品をまるで狂喜の如く熱愛してくれた妻がゐた」（「死と愛と孤独」）

いまや民喜は生の導き手を喪失したのだ。いっそうのこと妻の死に殉じたほうがいい。このとき母親を亡くした幼い孤児そのまま、民喜はというと「一人地上に突離され」瞑目するのだ。「一年間だけ生き残らう」

戦火は激しい。妻に先立たれたとなれば、東京に残るべくもない。あるいはこの地上にいる理由とてさらにまた。

二十年一月、郷里の広島市幟町に疎開、家業を手伝う。もちろんこの街にも空襲警報は鳴りひびく。そのつど孤独な魂は「想像を絶した地獄変」の前兆に震えること。「どうかすると、その街が何ごともなく無疵のまま残されること、——そんな虫のいい、愚かしいことも、やはり考へ浮かぶのではあつた」（「壊滅の序曲」）

八月六日、朝、広島市に原爆が投下。生家で被爆、ときに頑丈な家の厠の中にいて、からくも一命は取り留めている。

コレガ人間ナノデス／原子爆弾に依ル変化ヲゴラン下サイ／肉体ガ恐ロシク膨張シ／男モ女モスベテ一ツノ型ニカヘル／オオ　ソノ真黒焦ゲノ無茶苦茶ノ／爛レタ顔ノムクンダ唇カラ洩レテ来ル声ハ／「助ケテ下サイ」／ト　カ細イ　静カナ言葉／コレガ　コレガ人間ナノデス／人間ノ顔ナノデス
　　　　　　　　　　　　　　「コレガ人間ナノデス」

水ヲ下サイ／アア　水ヲ下サイ／ノマシテ下サイ／死ンダハウガ　マシデ／死ンダハウガ／アア／タスケテ　タスケテ／水ヲ／水ヲ／ドウカ／ドナタカ／　オーオーオーオーオーオー／　オーオーオーオーオー

天ガ裂ケ／街ガ無クナリ／川ガ／ナガレテキル／　オーオーオーオー／　オーオーオーオー

夜ガクル／夜ガクル／ヒカラビタ眼ニ／タダレタ唇ニ／ヒリヒリ灼ケテ／フラフラノ／コノ　メチヤクチヤノ／顔ノ／ニンゲンノウメキ／ニンゲンノ
　　　　　　　　　　　　　　　　「水ヲ下サイ」

「想像を絶した……」。それを現実にわが身にした体験、被爆、この一事は彼を生の世界に連れ戻した。

「原子爆弾の惨劇のなかに生き残つた私は、その時から私も、私の文学も、何ものかに激しく弾き出された」（「死と愛と孤独」）

この年の秋から翌年の冬にかけて、避難先は八幡村の農家の二階で、飢えに苛まれつつ惨状をメモした手帳をもとに必死に筆を走らせる。

十二月、義弟佐々木基一の依頼で「近代文学」創刊号に、「原子爆弾」を書き上げるも、GHQの検閲を恐れて掲載ならず。四月、上京、友人宅や安アパートを転々し、夜間中学の英語教師で口を糊しつつ、歯噛みし筆を執りつづける。

二十二年六月、「原子爆弾」を「夏の花」と改題し発表。抑制された文体で原爆の地獄を描出した、この短篇を含む一連の作は高い評価を得た。だがしかし苦しいのである。八月の一日、あのとき街を襲った閃光から彼は逃れられない。

「自分のために生きるな、死んだ人たちの嘆きのためにだけ生きよ、僕は自分に繰返し繰返し云ひきかせた。それは僕の息づかひや涙と同じやうになつてゐた」（「鎮魂歌」）

そのようにも秘めるのである。それでもって言いきかせるのだ。

「僕は堪へよ、静けさに堪へよ。幻に堪へよ。生の深みに堪へよ。堪へて堪へて堪へてゆくことに堪へよ。一つの嘆きに堪へよ。無数の嘆きに堪へよ。嘆きよ、嘆きよ、僕をつらぬけ。還るところを失つた僕をつらぬけ。突き離された世界の僕をつらぬけ」（同前）

しかしそれでどうなるか。そのリミットを超えてしまっている。どうにもしようもない。こんなところまで来てしまっている。

二十四年夏、ひとりの少女と出会うことに。止宿先の近所に住む祖田祐子（「心願の国」の「U」）だ。このことを救いに生きていけたら。だがこの少女も彼を生の方へ押し出しえない。それどころかむしろ死への誘いとなるばかり。ついにこんな思いを胸にするにいたる。

「水道道路のガード近くの叢《くさむら》に、白い子犬の死骸《しがい》がころがつてゐた。春さきの陽を受けて安らかにのびのびと睡《ねむ》つてゐるやうな恰好《かっこう》だつた。誰にも知られず誰にも顧みられず、あのやうに静かに死ねるものなら……」（「永遠のみどり」）

「一年間だけ生き残らう」、それが原爆の閃光をして、五年余り生き長らう。

二十六年三月十三日、午後十一時三十一分、国鉄中央線の吉祥寺駅――西荻窪駅の中央地点の線路に横たわる。享年四十五。

遺稿「心願の国」に付された「U・・におくる悲歌」にしたためてあった。

すべての別離がさりげなく　とりかはされ／すべての苦痛がさりげなく　ぬぐはれ
／祝福がまだ　ほのぼのと向に見えてゐるやうに

私は歩み去らう　今こそ消え去つて行きたいのだ／透明のなかに　永遠のかなたに

かくしてこの人は「消え去つて行」っているのだ。まったき寡黙なままに。さいごに「碑銘」であるが、これについては大学予科からの仲間、山本健吉のつぎの言葉をもってとどめたい。

「彼の詩『碑銘』の『一輪の花の幻』という詩句は、夫人の経験にもとづいている。少女のころ、一度危篤に瀕したことのある彼女は、そのとき見た数かぎりない花の幻の美しかったことをよく彼に話した。夫人の死後、彼はしばしばこの言葉を思い出し、花というものが幻に通うものであることを実感するのだった。夫人の墓参にはじまる原爆体験の小説に、彼は『夏の花』という題をつけた。／……／レールの上に横たわったとき、電車の響音をききながら、『一輪の花の幻』を見たかどうかは、だれも知らない」（「幻の花を追う人」）

最後に私的付言を一つ。当時、線路はいまだ高架ではない。じつは筆者は長くこの自殺地点のすぐ間近に棲んでいる。そんなわけで共振しがちなのか。おかしな言い方だが、しばしばあるオブセッションをもって、その死を感じるのだ。それこそふっとその響き、轣轆《れきろく》、に呼ばれるようにも……。

＊

「歴程」（昭和二十六年二月号）
『定本　原民喜全集』全三巻、別巻一（青土社　昭和五十三〜五十四年）

16

伊東静雄

ただある壮大なものが
徐《しづ》かに傾いてゐるのであつた

「夏の終」

月の出にはまだ間《ま》があるらしかつた
海上には幾重《いくへ》にもくらい雲があつた
そして雲のないところどころはしろく光つてみえた

そこでは風と波とがはげしく揉み合つてゐた
それは風が無性に波をおひ立ててゐるとも
また波が身体《からだ》を風にぶつつけてゐるともおもへた

掛茶屋のお内儀《かみ》は疲れてゐるらしかつた
その顔はま向きにくらい海をながめ入つてゐたが

それは呆《ぼん》やり床几にすわつてゐるのだつた
同じやうに永い間わたしも呆やりすわつてゐた
わたしは疲れてゐるわけではなかつた
海に向つてしかし心はさうあるよりほかはなかつた

そんなことは皆どうでもよいのだつた
ただある壮大なものが徐《しづ》かに傾いてゐるのであつた
そしてときどき吹きつける砂が脚に痛かつた

＊

伊東静雄。昭和詩を代表する一人として、詩史上の位置は揺るぎない。しかしながらその詩を理解するとなると、ただもうもどかしいばかり、どうにもなんとも独特の困難さをともなう。いつかこの詩人をまえに三島由紀夫はこうも嘆息している。

「詩人といふ存在は何と厄介なのだらう。人生でちよつと出会つただけでも、あんな赤むけのした裸の魂が、それなりに世俗に揉《も》まれながら、生きてゐたといふ感じが耐へがたい気がする。詩人などといふ人間がこの世にゐなかつたら、どんなに俺たちは、心を痛めることが少なくてすむだらう」（「伊東静雄の詩」）

いまここでそのことに関わってこう言ったらおかしいか。伊東静雄、じつはこの「裸の魂」はというと、二度死んだ。それこそが「心を痛める」ゆえんではと。それにしてもなぜ彼は一度ならず二度も死ぬことになったか。まずプロフィールから。

明治三十九（一九〇六）年、十二月十日、長崎県北高来郡諫早町（現、諫早市）に生まれる。長崎県立大村中学校（現、長崎県立大村高等学校）を経て、旧制佐賀高等学校（現、佐賀大学）に入学。ここで諫早出身の英文学教授、酒井小太郎に出会い、以来私淑する。

大正十五年・昭和元年、京都帝国大学文学部国文科に入学。三年に京都に移った酒井家に頻繁に出入りし、小太郎の二人娘、とりわけ下の百合子に心を寄せた。

四年、大阪府立住吉中学校（現、住吉高等学校）に就職、以後、一介の国語教師として生涯を終える。なんでどうして筆で立つ道を歩まなかったのか？　それはこのとき「世俗に揉まれながら、生き」ざるをえない事情があったから。

七年、父死去。兄三人が若死にという家庭の事情のゆえに、家督を相続し、老母と弟妹を扶養、父の残した莫大な借財をその後長い年月をかけて返済する責務を負った。このため酒井百合子への求婚を諦め、同年、堺高等女学校の地理教諭、山本花子と結婚、のち一男一女をもうける。学校では『古事記』を教えていたこと、またその貧乏臭いなりから、「コジキ」のあだ名で呼ばれていたとか。それほど切り詰めた明け暮れだった。この年、詩友と同人誌「呂」を創刊、詩を発表し始める。

ときに二十五歳、遅い出発である。だがその才は隠れない。翌年、「コギト」に「わがひとに与ふる哀歌」を発表。同人の保田與重郎、田中克己らの注目するところとなり、これより同じ世代の文学者との交友が開かれる。

十年、処女詩集『わがひとに与ふる哀歌』をコギト発行所より三百部刊行。これを萩原朔太郎が絶賛する。

「伊東静雄君の詩を初めて見た時、僕はこの『失はれたリリシズム』を発見し、日本に尚一人の詩人があることを知り、胸の躍るやうな強い悦びと希望をおぼえた」

「傷ついた浪曼派」であり、「歪められた島崎藤村」である暗黒の昭和十年代の抒情詩人。その詩はナイーブでありうるはずがなく「むしろ冷酷にさへも意地悪く、魂を苛めつけられた人のリリック」(「『わがひとに与ふる哀歌』――伊東静雄君の詩について」)だと。

そこでまずは表題作「わがひと……」をみたい。

太陽は美しく輝き／あるひは　太陽の美しく輝くことを希ひ／手をかたくくみあは

せ／しづかに私たちは歩いて行つた／かく誘ふものの何であらうとも／私たちの内《うち》
の／誘はるる清らかさを私は信ずる／無縁のひとはたとへ／鳥々は恒《つね》に変らず鳴き
／草木の囁きは時をわかたずとするとも／いま私たちは聴く／私たちの意志の姿勢
で／それらの無辺な広大の讃歌を／あゝ　わがひと／輝くこの日光の中に忍びこん
でゐる／音なき空虚を／歴然と見わくる目の発明の／何にならう／如かない　人気《ひとけ》
ない山に上《のぼ》り／切に希はれた太陽をして／殆ど死した湖の一面に遍照さするのに

「曠野の歌」

晦渋である、いやまったく呪文のごとくも、難解である。この作について朔太郎はこう観じる。この「切に希はれた太陽」とは「『死』の地球を照らすところの太陽である。……故にその太陽は『無』を意味する」(同前)と。なんとそんな、まことにわれらが行く手には、それ「死」と「無」があるばかり、ということか。べつのこんな直截な希死の詩句をみられたし。

わが死せむ美しき日のために／連嶺の夢想よ！　汝《な》が白雪を／消さずあれ

…………

わが痛き夢よこの時ぞ遂に／休らはむもの！

このパセティックな「死」と「無」へののめりこみよう。のちに三十四歳の静雄はこの詩集をこう回顧している。

「当時の激した心持を、列序なく、何もかも投げ出してみたくて、あんな風な本になつた。……。実生活の上では、非常に危険な時期であつたやうな気がする」（『夏花』）

なるほど。「わがひと……」は危機の産物でこそあった。それがだが翌年、長女が生まれた頃から、生活は少し安定をみている。つれて詩風も鬱屈の悲壮激越調から東洋的智者の諦観へと転調してゆく。

十五年、詩集『夏花』を刊行、ここではさらに深い、沈潜「死」と観照「無」、へ向かっているのだ。

八月の石にすがりて／さち多き蝶ぞ、いま、息たゆる。／わが運命《さだめ》を知りしのち、／たれかよくこの烈しき／夏の陽光を生きむ。

運命《さだめ》？ さなり、／あゝわれら自《みづか》ら孤寂《こせき》なる発光体なり！／白き外部世界なり。

「八月の石にすがりて」

今歳《ことし》水無月《みなづき》のなどかくは美しき。／軒端《のきば》を見れば息吹《いぶき》のごとく／萌えいでにける釣《つり》しのぶ。
…………
すべてのものは吾にむかひて／死《し》ねといふ、／わが水無月《みなづき》のなどかくはうつくしき。

「水中花」

十六年一月、詩誌「四季」に参加。同人には三好達治、中原中也、立原道造ほか。十二月八日、真珠湾攻撃、太平洋戦争勃発。このときの詩にとどめる。

昭和十六年十二月八日／何といふ日であつたらう／清しさのおもひ極まり／宮城を遙拝すれば／われら盡《ことごと》く——誰か涙をとどめ得たらう

「大詔」

十七年五月、日本文学報国会創立。六月、ミッドウェー海戦……。いったい詩人はこの戦争にどう対処したか。じつにここに引いた詩の通りなのである。ついては日記を辿ってみても、「大本営発表」を一喜一憂する、そこには庶民の姿があるきり。これはまたどういう心機があってのことなのか。

十八年、第三詩集『春のいそぎ』を刊行。目次に「大詔」ほか「海戦想望」「つはものの祈」と題する作品も収まる。なかに前掲作「夏の終」がある。いったいこの一篇をどう読解したらいいか。いよいよ国びとに戦火激しい折である。いましも皇軍は海の向こうで必敗の戦いを闘っている。

真っ暗な夜の海。「そこでは風と波とがはげしく揉み合つてゐ」る。ときに「掛茶屋のお内儀」が「ま向きにくらい海をながめ入つてゐ」て、「わたし」はというと、「海に向つてしかし心はさうあるよりほかはなかつた」。そして行を開けて「そんなことは皆どうでもよいのだつた」として行を改める。「ただある壮大なものが徐かに傾いてゐるのであつた」と。これはどういう事態ではあるのやら。国の亡びに殉ずる勲《いさおし》を思うのか。そしてそのしまい「吹きつける砂が脚に痛かつた」とはどうであろう。ほんとひどく痛くも、哀しすぎないか。

二十年七月、空襲により堺市北三国ヶ丘町の借家を焼け出され、家財、蔵書一切を焼失する。

いやそうなのである。そうこのとき二度死んだ詩人はというと、いうならばすべての日本人がそうであったように、すでにここで無念にも一度死んでいるのだ。わかってもらえよう。

――つまり詩人はこの戦をして殉死したと。

八月十五日、詩人は日記に記す。

「十五日陛下の御放送を拝した直後。

太陽の光は少しもかはらず、透明に強く田と畑の面と木々とを照し、白い雲は静かに浮び、家々からは炊煙がのぼつてゐる。それなのに、戦は敗れたのだ。何の異変も自然におこらないのが信ぜられない」

敗戦。疲労は重いが、そこからの、一歩を期して。復興を急ぐ「都会の詩」を書くべく、勤め帰りに大阪の街を歩きまわる。またふたたびリルケを読みはじめてもいる。しかしそれはどこかで爾後の生であるほかないだろう。

二十二年、第四詩集『反響』を刊行。これは以前の三詩集から選んだ作品五十四篇と、都会の風物や田園の生活を素材とした口語詩十篇を収載した一集である。その奥書に「これ等は何の反響やら」と添える。どことなく投げ節めいたこの片言をしてどんな思いを込めているか。これはそう言ってよければ、やはり地に膝を折った者がする、そのような呟きなのだろう。前掲作と同題の一篇にある。

……さよなら……さやうなら……／……さよなら……さやうなら……／ずっとこの会釈をつづけながら／やがて優しくわが視野から遠ざかる

「夏の終り」

二十三年、学制改革により住吉中学校より阿倍野高等学校に転勤。戦時、戦後、日々は苦しく心身の疲労は限界に達していた。夏休み中「恐ろしい程の虚脱衰弱状態」で寝込む。翌年六月、肺結核を発病、国立大阪病院長野分院に入院し、病床の人となる。

まず病者と貧者のために春をよろこぶ／下着のぼろの一枚をぬぐよろこびは／貧しい者のこころにしみ／もっとものぞみのない病人も／再び窓の光に坐る望みにはげまされる

「寛恕の季節」（「毎夕新聞」昭和二十四年六月）

しかしもはやその「望み」は叶えられるべくもない。二十五年四月、友人宛の封書にある。

「ねたまま外界から遮断されてゐると追憶がむやみに鮮明で切なく、そんな時はひとに教へられたやうに『南無大慈大悲の観世音菩薩』ととなへて、虚舟を水に浮べたやうな気持になりたいと念じます」

かなりな重患も重患とみられる。かくして闘病は最期までつづく。

二十八年二月、突然大喀血。おそらくこの前後にものされた一篇であるのだろう。全集の最後に収載する詩篇。

夜ふけの全病舎が停電してる。／分厚い分厚い闇の底に／敏感なまぶたがひらく。／（ははあ。どうやら、おれは死んでるらしい。／　いつのまにかうまくいつてたんだな。／　占めた。ただむやみに暗いだけで、／　別に何ということもないようだ。）／しかしすぐ覚醒がはっきりやって来る。／押しころしたひとり笑い。次に咳き。

「倦《う》んだ病人」（「大阪毎日新聞」昭和二十八年三月）

「押しころしたひとり笑い。次に咳き。」これぞまさに「魂を苛めつけられた人のリリツク」でこそあろう。

三月十二日、肺浸潤で（二度目の）死去。享年四十六。

＊

『春のいそぎ』（弘文堂　昭和十八年）
『伊東静雄全集』全一巻定本版（人文書院　昭和四十六年）

17

寺山修司

ぼくは不完全な死体として生まれ

「懐かしのわが家」

昭和十年十二月十日に
ぼくは不完全な死体として生まれ
何十年かゝって
完全な死体となるのである
そのときが来たら
ぼくは思いあたるだろう
青森市浦町字橋本の
小さな陽あたりのいゝ家の庭で
外に向って育ちすぎた桜の木が
内部から成長をはじめるときが来たことを

子供の頃、ぼくは
汽車の口まねが上手かった
ぼくは
世界の涯てが
自分自身の夢のなかにしかないことを
知っていたのだ

＊

ここまで俎上にしてきた詩人たちはすべて早世している。みんな昔の名ばかり。まったく当然のことながら誰ひとりとして面識などない。

寺山修司。だがさいごに取り上げるこの人とは妙なかたちの付き合いがあった。俳人、歌人、詩人、小説家、エッセイスト、シナリオライター、競馬評論家、映画監督、作詞家、劇作家、演出家、演劇実験室・天井桟敷主宰者など、肩書無数。「本業は」と問われると「職業は寺山修司です」と答えたそうな、幅広いジャンルで活躍したメディアの寵児。これまでこの人についてはおびただしく書かれてきた。汗牛充棟《モウモウタクサン》。あらたにわたしが加えることは何もなさそうである。そこでここではガラリとスタイルをかえたい。あえて妙な極私的交渉史に沿いたい。以下ははじめて文章にすることだ。これでちょっとでも、この天才の詩と死に接近する、ことができたらいいが。

昭和十（一九三五）年、十二月十日（戸籍上は翌年一月十日）、青森県弘前市に父八郎、母ハツの長男として生まれる。などなどとは生年のみでよそう。みなさんよくご存知だろうから。

寺山修司。さて、わたしはその名を田舎のガキの時分から知っていたのだ。どういうわけで？　わたしには九歳上の姉房子がいる。じつはその姉はというと、高校生時代に文学少女とかで、いわゆる投稿雑誌の常連入選組であった。当時、「蛍雪時代」や「学燈」などの高校生向け雑誌は投稿で賑わった。

昭和二十七年、十六歳。青森高校二年生の寺山さんは常連同士に呼び掛けて全国的詩誌「魚類の薔薇」を発行するにいたる。このとき天沢退二郎などとともに「釣り上げられて」（姉貴の台詞）十五歳の彼女も同人となっている。これをみるにつけ寺山さんは弱年にして人誑《ひとたら》しであったのだ。このことから寺山修司と姉とはどうやらきわめて親しい文通仲間になった。いやそのやりとりが愚弟からみても尋常でなかったのである。なんとも毎日のように青森から福井のど田舎まで葉書がまた手紙がとどく。そんなわけでいつか弟まで知り合いの気になっていたりした。すでにあの後年の寺山さんのそれをしのばせる署名の書体のよろしさ。チラリと目にするといかにも妖しげなるめかした臭いフレーズがそれと鏤められている。そんななにやら乱歩の『少年探偵団』の通信みたいだったか。いったいそこに何が書いてあったか。何をまたそんなに書くことがあるのか。そのときこちらは幼くて詳しく知るよしもなかった。

二十九年、早稲田大学教育学部国文学科に入学。冬、ネフローゼを発病。翌年、新宿の社会保険中央病院に生活保護法で入院。そのいつか、京都の大学にいた姉は寺山さんを見舞っている。死の床にある詩の友。このときの印象が強烈だったのだろう。姉は帰省の折など、真っ青な顔のガリガリの美青年、寺山さんのことを繰り返し語るのだった。なかで憶えている話はそう、じつはこの病気では一切の塩分の摂取が不可とのこと、病人がまったく味のしない素ウドンを美味しそうに食べていた、という痛ましい景だった。そうしていま一つはというと、そんなにも重い病にあって必死にペンを執る姿についてだ。

発病前の「チエホフ祭」で第二回短歌研究新人賞受賞。三十年、処女戯曲「忘れた領分」が早稲田大学の「緑の詩祭」で上演。三十二年、第一作品集『われに五月を』(作品社)を上梓。三十三年、第一歌集『空には本』(的場書房)を出版。姉はカンパがわりに幾冊かもとめたのだろう。たしかわが家にもそれらの本があった。だがしかしバカな弟は体育会系少年で手にもしなかった。そしてそれから寺山さんに出会ったのはいつか。

三十八年、『現代の青春論』（三一新書／現在『家出のすすめ』と改題され角川文庫に収録）を刊行。ときにどうして、そうしたものか。受験を控えた劣等生は田舎の本屋で衝動的に手にした。なんやあの寺山さんの本やないかと。

第一章「家出のすすめ」、第二章「悪徳のすすめ」、第三章「反俗のすすめ」、第四章「自立のすすめ」。いやもう狂ったように読んでいた。ほんとうにイカレてしまった。なんとこれが自分で初めて買い読んだ現代の本でこそあった。あまつさえ熱っぽくなったガキは版元気付でファンレターまで出している（たしかそれに返事を頂戴したはずだが、それもいつか無くしてしまい、まったくその文面も忘失している）。そしてつぎの年に大学に入って、この人に偶会し話しているのだ。

三十九年春、同志社大学キャンパス、寺山修司講演のポスター。このとき勇を鼓して声を掛けている。「正津房子の弟ですけど……」「キミが房子さんの弟だって、姉さん、元気?」。ビックリしたギョロ目を丸くしてあの青森訛でもって捲し立てるようにする。ほんの短い時間だったが中身は濃かった。「姉は詩を止めました」「もったいない！　それでキミは詩を書かないのか?　姉さんになりかわり書いたらいいのに。キミの手紙、面白かった」。いやなんとさきに出した恥ずかしいわたしの手紙を憶えておいでとは。

いまだこちらは詩を書いていなかった。

それでそんな人誑しマジックに完全にハマったか。それからほどなくわたしは詩を書くようになっている。「東京に出てくるときは、必ず連絡するように」。別れ際、寺山さんはあのイカした書体でアドレスを手渡してくださった。「わかりました、必ず、いたします」

四十五年、上京。だがどうだろう。わたしはずっと無音をとおしつづけ。それどころか反対につとめて遠離るようにした。どうしてそんな。

大きな才能の塊と、小さな非才の塵と。近づいただけで、吹っとばされる……。わたしはじしんよく知っていたのである。たぶんおそらく姉の歌の別れもそこにあった。ところで上京後にわたしが友達になった同世代のなかに天井桟敷グループが数少なくなくいた。榎本了壱、渋川育由、萩原朔美、など。これをみるにつけ寺山さんの影響、人誑かしがいかに絶大だったかわかろう。わたしたちの世代はほとんど、なかでも芸術志向のものは、どれほどか寺山がかりである。そういうような巡り合わせで御大ともまま顔を合わせることになる。すると寺山さんは親しげに必ずこう口開くのだ。

「姉さん、どうしている?」。そしてやおら詩誌などに発表した拙作について意見をくださると。ことほどさよう、寺山さんは、世間の評価と反対に、律儀だった、クソがつくほど。演劇の公演や映画の試写、そのつど一筆入りの案内状がとどいた。だけどわたしは足を向けないのである。なんとも意固地なまでに。あれはいつだろうか。「わかるか、アンチ「ベンくんは反寺山らしいけど」、そういって寺山さんはつづけた。巨人も巨人ファン、なんだよ」

なるほど。おみとおしのとおり、図星、おっしゃるとおり。なっとく。とはさてわたしは一度だけ寺山さんに願い事をしたことがある。四十九年三月、清水哲男兄と出していた詩誌「唄」で黒田喜夫氏と対談「彼岸の唄」をやって貰ったことだ。超多忙ななか清瀬の黒田宅まで出向きロハで長時間も。かねてから寺山さんは黒田氏には一目おいていた。ことに氏の有名な「毒虫飼育」や「原点破壊」は偏愛の作だった。寺山フリークなら劇中にそのイメージの引用はみてとれよう。そしてそれは対談が終わって帰りの車中のことである。わたしは訊いていた。みるとその顔色がいやに黒々として元気そうなのだ。わたしの頭には長く臥す黒田喜夫の気息奄々の白い顔が浮かんでいた。

「寺山さん、ランニングでもしているんですか」

「ランニング？　いや腎臓だよ。このところ腎臓がちょっと……」

そのときどうしてだろう。ふいとその昔にきいた十九歳の真っ青な顔の寺山さんが重なってみえた。ネフローゼが、ぶりかえした？　だけどそのやりとりが長く胸に残ることはなかった。それからその対談のあとも三、四度どこかで立ち話をかわしたか。この間、数次の海外公演に、市街劇に実験映画、テレビ出演など、出づっぱり。八面六臂。およそありとあるメディアに露出しスキャンダラスに活躍しつづけるスーパースター。やっぱり寺山修司は「あしたのジョー」で不死身でないか。わたしなどにはただもう怪物をみるばかりであった。

五十六年十二月、いまその詳細、意義はおくが、谷川俊太郎氏とわたしは交換詩「対詩」をはじめる。このときいつか氏から寺山さんが重患だと聞かされている。「あいつはもう長くなさそうだ」。というわけで病人を元気づけるために、「対詩」ならず「ビデオレター」なる映像、をもって交換を開始することにしたと。しかし全然驚かない。ときにわたしは思いだしていた。「ランニング……」云々のやりとりを。彼はずっと病に苦しみつづけつつも、まるで涼しい顔をして、病を押して走りつづけできている。だから大丈夫だって。「寺山さんは、常人でない」。わたしはいつかの姉の言い草を思いだしていたのだ。

「一度は死んだはずが、死から甦った、不死の人みたいやな」

五十七年九月、前掲作「懐かしのわが家」が「朝日新聞」紙上に載る。久方ぶりに目にする寺山さんの詩。イイヨー、良い感じ、サイコー……。なんて切り取って壁に貼って思うのだ。

「そのときが来たら／ぼくは思いあたるだろう」

バカはまったく思いあたるよしとてない。「そのときが来たら」。これがそのまま別れのソレであることを。

いやそれどころかお恥ずかしいかぎり。「内部から成長をはじめるときが来たことを」。というそれがある成熟（それこそ寺山さんが唾棄すること！）を用意しているようにも。なんともまったく逆にとっていたとは。

それはさて。そのさいごがまた寺山さんらしかった。亡くなったその日、発売日の「週間読売」に載ったコラム「墓場まで何マイル」。

「私は肝硬変で死ぬだろう。そのことだけは、はっきりしている。だが、だからと言って墓は建てて欲しくない。私の墓は、私のことばであれば、充分。／『あらゆる男は、命をもらった死である。もらった命に名誉を与えること。それだけが、男にとって宿命と名づけられる。』ウイリアム・サローヤン」

わたしは唇を噛むのだ。彼の才能がして、彼を殺戮したと。そんな「私の墓は、私のことばであれば、充分。」なんて。

寺山さん、ほんとあなたの一生はなんという。いやぁじっさい、あなたの好きな競馬で下手に譬えると、どうでしょう。まるでお尻に太い興奮剤の注射針を突き立てたまま、ただひたすらゴールへ疾駆する四歳馬ではなかったのでは。まぁそんな「不完全な死体として生まれ」てこのかた、「何十年かゝって」が、四十年あまりほど、でもって「完全な死体となる」とはまた……。

五十八年五月四日、肝硬変と腹膜炎による敗血症で死去。享年四十七。

＊

「朝日新聞」（五十七年九月一日付）
『寺山修司コレクション』１、２（思潮社）

谷川雁

瞬間の王は死んだ

―あとがきがわりに―

「あとがき」

私のなかにあった「瞬間の王」は死んだ。ある機能がそれだけで人間の最高の位であるという思想とたたかうことは、私の知ったはじめての階級闘争であった。逆らいがたく幼年の心を支配していたこの力を飼いならすために、すなわち観念を猫とみなしてその髭をきるために、青年期の十幾年がついやされた。自己の内なる敵としての詩を殺そうとする努力が、人々のいわゆる「詩」の形をとらざるをえないのは、苦がい当然であるとはいえ、私はそれを選んだのでもなければ望んだのでもなかった。眼のまえの蜘蛛の巣のように、それは単純な強制であった。そのゆえに私の「詩」は単純ならざるをえず、敵は自由な饒舌の彼方へのがれ去った。いまや饒舌をもって饒舌を打つことが老いるにはまだはやい私のみすぼらしい戦闘である。ようやくにして私は自己運動の平凡な旋律の外にあふれようとしている。光とは、なんとおそいものであろう。そして自分の「詩」を葬るためにはまたしても一冊の詩集が必要なのだ。人々は今日かぎり詩人ではなくなったひとりの男を忘れることができる。

一九六〇年一月六日　　谷川雁

*

ここまで早世の詩人を取り上げて、その詩と死の模様を粗描してきた。あえなくも短く燃え尽きた、その生の詩の輝きをみてきた。それらはそれぞれに読む者の胸にしみいるものがあった。だがかえりみるとどうか、そのあたりをよく読解、描破しえたかというと、こころもとないかぎりだ。それはさて、さいごにこの詩人を俎上にしてしまい、としよう。ところであらかじめ断っておくことにする。「あとがきがわりに」であれば、ここでは紙幅の関係からも肝心の詩作をめぐり、いちいちおよばないことを。ついてはぜひとも読者自らがその詩世界にふれられたし。そこにはこれぞ詩としかいうほかない閃きがあるはずだ。

谷川雁（一九二三〜一九九五）。享年七十二。むろんもちろん早世なんかではない。だのになぜここに取り上げようとするのか。ひるがえってみれば早世を宿命づけられたごとき、じつにその生涯の詩と生の苛烈なさまこそ、ほんとうにまったき稀有な存在であるからである。そしていまこの廃業宣言からこのかた半世紀余になるのである。

谷川雁。夭折の権利を留保した詩人。あえていうならばこの人はというと、そのように呼ばれるにふさわしい。それはいかなることなのか、そこらを語るのは易しくない難しいのだ、どうしたらいいものか。ともあれしばしば引用される一節をみることにする。

「詩人とは何か。

まだ決定的な姿をとらず不確定ではあるが、やがて人々の前に巨大な力となってあらわれ、その軌道にひとりびとりを微妙にもとらえ、いつかその人の本質そのものと化してしまう根源的勢力……花々や枝や葉を規定する最初のそして最後のエネルギイ……をその出現に先んじて、その萌芽、その胎児のうちに人々をして知覚せしめ、これに対処すべき心情の発見者、それが詩人だ」（「原点が存在する」）

いやそう、かくも壮大にも揚言する詩人という、のである。とてもでないが、筆者ごときが立ち向かえそうな存在、ではありえない。

とはさて前掲の「あとがき」（『谷川雁詩集』）をみよう。だがこれが一読卒然と理解がゆくような平明簡潔な語法とはいいがたい。難解な現代詩のなかでも度はずれて極北的な詩人。それだけにいかにも、この詩人らしく取り付きにくく晦渋にも、みえてきてならない。だけどもよく読み込めば、おのずから真っ直ぐにそれと、その心は伝わってこよう。

「私のなかにあった『瞬間の王』は死んだ」。まずはこの「瞬間の王」とはなにか。これこそ、さきの引用で語られる言葉の本来の意味でいう詩人の謂である、のだろう。そして加えて、ここに収めた熱く生を燃焼させて逝った者に冠される、その称だろう。

「『瞬間の王』は死んだ」。とそのように口火を切ってそのさいご「自分の『詩』を葬るためにはまたしても一冊の詩集が必要なのだ。人々は今日かぎり詩人ではなくなったひとりの男を忘れることができる」となんとも歯切れ良くむすぶところ。まことに詩の別れをいって、簡にして要をえて、じつにもう深く頷かされる。それにしてもなんで筆者があえて、この詩人をここに召喚して、かくなる揚言をするにいたったか。またこの「あとがき」をもって「あとがきがわりに」としたか。

『詩人の死』これが、小著の題である。そのことに関わっていうならば、詩とは死ととなりあるほどに厳しい途であるということを、あらためて心せんがためなると。

おれは村を知り　道を知り／灰色の時を知った／明るくもなく　暗くもない／ふり

つむ雪の宵のような光のなかで／おのれを断罪し　処刑することを知った

「或る光栄」

＊

『谷川雁詩集』（国文社　昭和三十五年）

［著者］正津勉

1945年福井県生まれ。1972年、『惨事』（国文社）でデビュー。代表的な詩集に『正津勉詩集』『死ノ歌』『遊山』（いずれも思潮社）があるほか、小説『笑い かわせみ』『小説尾形亀之助』『河童芋銭　小説小川芋銭』、エッセイ『詩人の愛』『脱力の人』（いずれも河出書房新社）など幅広い分野で執筆を行う。近著に山をテーマにした詩集『嬉遊曲』、エッセイ『人はなぜ山を詠うのか』『行き暮れて、山。』（いずれもアーツアンドクラフツ）、『山川草木』（白山書房）、『山に遊ぶ　山を想う』（茗渓堂）のほか、『忘れられた俳人　河東碧梧桐』『「はみ出し者」たちへの鎮魂歌　近代日本悼詞選』（いずれも平凡社新書）がある。

詩人《しじん》の死《し》

発行日　2015年4月10日　第1刷発行

著者　正津勉（しょうづ・べん）

編集プロデュース　長田洋一

装丁　間村俊一

写真　鬼海弘雄

発行者　田辺修三
発行所　東洋出版株式会社
〒112-0014　東京都文京区関口1-23-6
電話　03-5261-1004（代）　振替　00110-2-175030
http://www.toyo-shuppan.com/

担当　秋元麻希

印刷　日本ハイコム株式会社（担当：宮前諭裕）
製本　三修紙工株式会社

ISBN 978-4-8096-7778-6　定価はカバーに表示してあります

ISO14001 取得工場で印刷しました